毎日断罪

Illustration 岡谷　Design アフターグロウ

ゲーム内の婚約破棄された令嬢に声が届くので、浮気王子を毎日断罪することにした

初枝れんげ

Illust. 岡谷

TOブックス

UWAKIOUJI × MAINICHI DAN

毎日断罪

C O N T E N T S

プロローグ

私だったらゲーム内の浮気王子に何度も【ざまぁと断罪】をする！

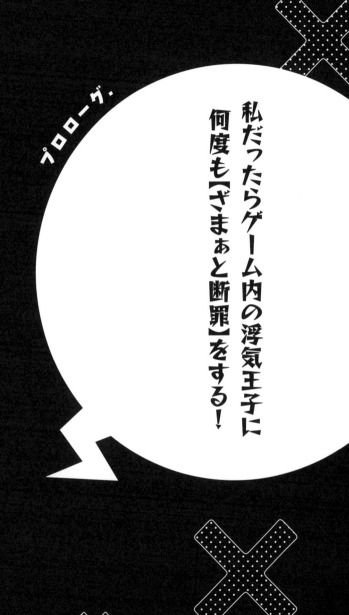

「ガッデム!!」

私こと鈴木まほよは、ゲームのコントローラーを投げ出しながら叫んだ。

「何よ、このクソゲー!!」

そう言った私の目の前のウィンドーには、

『シャルニカ・エーメイリオス侯爵令嬢！　君との婚約は破棄する！　僕は真実の愛に目覚めた！　このミルキア・アッパハト子爵令嬢と結婚することにする！』

などと、この乙女ゲー『ティンクル★ストロベリー　真実の愛の行方』の第一王子マーク・デルクンドは、王立学園の卒業式のパーティー会場で突如宣言したのである。

「ふっざけんなぁ！　何が真実の愛に目覚めたよ！　ただの浮気じゃないの！」

私がこれほど激高するには訳がある。

私もうアラサーのOLで、ずっと付き合っている彼がいた。将来は結婚するものとばかり思っていたのだ。

だが、

『すまない。他に好きな人が出来たんだ。別れてくれるか？』

十年近く付き合って婚約の話までしていた彼からの、別れの言葉はたったそれだけ。後で聞いた話によると、あいつはずっと若い女と浮気をしていたらしい。

そんな訳で私は精神的に参ってしまって会社を辞めて、今は実家に戻っている。ただ、今は心を癒したい。そう思って手を出したのが、今流行っている乙女ゲーという奴だったのだ。

おかげで、今の私は秘書課に勤務していた時代、スーツでビシリと決めていた時の、やり手で美人と噂をされていた姿からは程遠い姿へと変貌していた。カーディガンをTシャツの上から雑に羽織り、長い黒髪は左右でくくってヘアバンドを着用したラフスタイルだ。パンツルックにメディキュットで脚が冷えないようにする姿は、もはや問答無用の引きこもりファッションである。

さて、それはともかくこのゲーム。おおむね、イケメンの男性が沢山出てきて、主人公の女性であるシャルニカがモテモテになる、という内容だと説明書に書いてあった。

そ・れ・な・の・に。

「こんな身勝手な浮気が正当化されて、傷物にされて、しかも一方的な婚約破棄ですってええええええ⁉」

恐らくこの後、婚約破棄された主人公の元に色々なイケメンたちが寄ってくるのだろう。なお、この第一王子すら攻略対象だったはずだ。なので本編はまだスタートしていない。

だが！

私は自分の境遇と余りに状況が似通っていたために、思いっきり感情移入してしまう。

そして誓うように宣言する。

「私だったら絶対許さない。こんなことが許されて良い訳がない。そうよ、それにそもそも家同士が決めた結婚をこんな身勝手な理由で反故《ほご》にしてうまく行く訳がない。つついたらボロが出るに決まってるんだ」

ならば、

「くうううう！　私がもしシャルニカだったら。いえ、せめてもしこの声が彼女に届くのだったら」

私は情念のこもった声で言った。

「一度の断罪じゃ済まさないわ。そう。それこそ何度も何度も、毎日毎日、断罪して、ざまぁって言ってやって、悔しがらせて、この浮気男に【徹底的な断罪とざまぁ】をしてやるのに！！！！」

パリン。

「えっ？」

何かガラスが割れるような、変な音がしたような？

携帯電話……からではなさそうだ。裏返しにした携帯はメッセージの着信の信号を示す光が漏《も》れているが、あんな音はしない。

そんな時である。

（頭の中に声が……。誰かそこにいらっしゃるんですか？　それとも、とうとう私はショックで頭がおかしくなってしまったのかしら）

そんな心の声が、ウィンドーから音声として漏れて来たのである。

それは余りにも突拍子もないことだが、この乙女ゲー『ティンクル★ストロベリー　真実の愛の行方』の主人公シャルニカの声なのだった。

ゲーム開始【1】時間目.

1度目のざまぁ！

ゲーム画面の会話ウィンドーには、主人公シャルニカが先ほど内心で思ったセリフが、

（頭の中に声が……。誰かそこにいらっしゃるんですか？　それとも、とうとう私はショックで頭がおかしくなってしまったのかしら）

と表示されている。まさか私の声が？

「いやいや！　そんな訳ないわよね。疲れてるのかしら私ってば。ゲーム内に私の声が聞こえる訳ないしね！」

そう笑おうとあえて声を出して言う。

だが、

（いえ、聞こえてます！　もしや女神へカテ様でしょうか！　ならばどうぞお助けください！）

どうやら夢ではないらしい。信じられない出来事だ。でも、疲れていたからかもしれない。

私はこんなある意味心霊現象のような状況なのに冷静に言葉を発していた。

「大丈夫よ。安心して。婚約破棄されてもあなたは他の男性から愛されるし、あと気に入らないけど、そこの王子を奪還するルート……運命もあるから。だから……」

安心して、と慰《なぐさ》めようとした。だが、

（そんなのは嫌です。私は何も悪いことはしていないのに。私は生まれてからこの方、王妃になるためにつらい妃教育をずっと耐えてきました。同年代の友達と気軽に遊ぶことも、外で遊

ぶこともほとんどなく過ごしてきました。それが必要だったからです。それなのに、第一王子が真実の愛という名の、単なる身勝手な浮気をして、国のためではなくただ私利私欲で婚約破棄するなんて、理不尽にも程があります！）

シャルニカの言葉は、浮気されて婚約破棄された私の胸に思いっきり響いた。親友になれると思ったくらいに。

その通りなのだ。なぜ相手が権力者というだけで、単なる浮気男が正当化され、今までつらい妃教育などで若い時分の生活を子供らしく送れなかった主人公がこの理不尽を甘んじて受けいれなければならないのか。

（そんな身勝手が許されていいはずがない）

「そんな身勝手が許されていいはずがない」

くしくも、私と彼女の声は一致した。

ならば、

「策を授けましょう、シャルニカ。私はこの世界の設定……ごほん。理《ことわり》を知っている（攻略本で）」

（さすが女神様です）

「うん。ではまず、こう言いなさい」

私は攻略本の内容を思い出しながら、伝えた。

「真実の愛の相手は、今でも仲の良いメロイ・ハストロイ侯爵令嬢ではないのですか？　とね」

（え？　まさか他の浮気相手が？）

攻略本のセリフのところに、シャルニカと婚約している間も、たびたび会っていて、ぶっちゃけキス以上のこともしていたであろうにおわせ描写がある。また、王子ルートではこの女性がたびたび絡んできて三角関係のような形になる。なお、その際にこの真実の愛の相手と言っているミルキア子爵令嬢は出てこないが、恐らくシャルニカが王子の愛を取り戻して奪還した後に、それを婚約者のいない【空白期間】の好機とみて参戦するライバルとしてメロイ侯爵令嬢が登場するということだろう。今までは婚約状態のシャルニカがいたし、今後はミルキア子爵令嬢がいるから登場しないだけで、王子はずっと浮気しているのだ。そして、好感度が低いと、このメロイ侯爵令嬢を選ぶとも書かれている。それくらい重要キャラなのである。なお、設定資料集には恋多き王子とも書いてあるから浮気していることは間違いない。

では、その事実をこの段階で暴露したらどうなるだろう？

そう、今確かに婚約破棄を宣言されはした。だが、それは婚約者がいない【空白期間】そのものだ。つまり、メロイ侯爵令嬢の【参戦条件】を満たしている。そして、この卒業式のパーティー会場に同学年であるメロイ侯爵令嬢もいるのである。

ならば、

「凄まじい修羅場になるわ。その上、身分がややこしいわ。シャルニカはメロイと同等の侯爵令嬢だった。でもミルキアは子爵令嬢なんだもの。メロイ侯爵令嬢が妥協する理由は全く無いわよね？　でも、王子はこんな場所であろうことか婚約破棄を宣言してしまった。メロイ侯爵令嬢だっているのにね。焚きつければ、ミルキアとの婚約が既成事実になる前に、参戦するに決まってる。マジで馬鹿ね。さあド修羅場が来るわよ。きっと、今後王子に心休まる暇はないでしょうね。真実の愛を誓った子爵令嬢ちゃんといつまで破局せず、仲良しでいられるかしら？」

（さすが女神様……。わ、分かりました。言います！）

彼女は決意した。

そして、少し震えながらも、はっきりした声で、

『えっ⁉　真実の愛の相手は、今でも仲の良いメロイ・ハストロイ侯爵令嬢ではないのですか‼』

と告げたのであった。

ザワッ！　と会場中がどよめいた。

よりによって、他の浮気相手がいたのだと。

『……え？　マーク殿下？　愛しているのは私だけだと、昨晩もあんなに……』

ミルキア子爵令嬢がひきつった顔で浮気王子の顔を見た。

『は、ははは！　その通りだよ。愛しているのは君だけさ。シ、シャルニカ侯爵令嬢！　なんと無礼な！　自分が婚約破棄されるからと言いがかりはやめろ！　僕の真実の愛に嘘偽りなどっ……』

その時、

『マーク殿下。これはどういうことでしょうか？』

裏返ったマーク王子の声を、一瞬にして黙らせたのは、氷のような冷えた声であった。それは学生たちの間から現れる。

メロイ・ハストロイ侯爵令嬢。氷の美貌と称えられるその美しさは、さすが王子ルートのライバルキャラである。ゲームだけあって、髪の色も薄いブルーで真っ白な肌とまぁ神秘的だ。

ちなみにシャルニカは金髪のロングで天真爛漫《てんしんらんまん》なイメージだ。

ちなみに、現王妃もハストロイ侯爵家の出身であり、マークとメロイはかなり遠縁の親族という関係になる。

ま、何にせよ、私も、恐らくシャルニカも、そんな浮気男なんてくれてやる、って感じなんで、勝手にしてくれって思うけど。

『ち、違うんだ。こ、これは違ってて っ……』

さて、ゲーム内では想定通り、ド修羅場が展開していた。

自業自得だ。

さて、このド修羅場で浮気王子がどんな弁明を聞かせてくれるのか、シャルニカと一緒に拝聴させてもらうとしよう。

◆王子と新しい婚約者との仲はギスギスしだす

【Ｓｉｄｅシャルニカ】


女神ヘカテ様とはこの大陸全土で信仰の対象となっている運命の女神様だ。そのお姿は、艶やかで長くて赤い髪と四枚の翼をはやした蠱惑《こわくてき》的なルビーのような瞳を持つ美しい女性と伝わっている。

その女神ヘカテ様の託宣《たくせん》通り「侯爵令嬢メロイ様がお相手ではないのですか？」と言ったところ、パーティー会場にいたメロイ様がご発言された。

「ち、違うんだ。こ、これは違ってっ……」

と、殿下はいつもの優雅なそぶりは鳴りを潜《ひそ》めて、新しい婚約者だと言ったミルキア子爵令嬢と、もう一人の浮気相手であるメロイ侯爵令嬢へとひきつった作り笑いを浮かべて言い訳をされる。

　ただ、それは余りにも見苦しくて、私自身が、こんな方と結婚せずに、婚約破棄をしてもらえた幸運をかみしめるほどだった。

「そ、そこの元婚約者のシャルニカが悪いんだ！　そう、話せば分かる！　今はこんな場所でこのようなデリケートな話をする時ではない！」

　なんと情けないことに、まずこの場から逃げ出そうとする。ただ、これにはメロイ侯爵令嬢が毅然《きぜん》として反論した。

「このような場で、シャルニカ様へ恥をかかすのを厭《いと》わず、婚約破棄を宣言したのは殿下、貴方です。にもかかわらず、自分が形勢不利だと思ったら即逃げようというのですか？　そのような殿下に他の貴族たちがついて来るでしょうか？」

「べ、べ、別に逃げる訳じゃない！　こ、これ以上恥をシャルニカにかかせてはいけないと思っただけだ！　こ、婚約破棄を周知することが目的だったのだからな！」

　なんと私のためだと言いだした。あまりの身勝手さに私は言葉を失いそうになるが。

『OK。こう言いなさい。あなたのお父様はちゃんとあなたを守ってくれるタイプだから……』

　わぁ。女神へカテ様が助言してくれた。自分だけだったら、黙り込んでしまっただろう。

「も、問題ありません、殿下。その婚約破棄はお受けしますので。だからもうこれ以上の恥をかくこともありません。ですから私のことはすぐにお忘れいただいて、新しい婚約者様と古くからの恋人とお話し合いを続けてください」

私のため、という言葉の根本を否定した。さすが女神様、完璧なご反論だ。

「な、なんだとお⁉　貴様！　捨てられたとはいえ、こんな状況にした責任も取らずに無関係を決め込むつもりか！」

私に責任を問うてきた。男の人に怒鳴られるのはとても怖い。だが、ここでも冷静に女神様が助言をくれる。

『どの口が言うのだろうと思うわね。まぁ、なんでシャルニカに責任があるのか全く疑問だけど、いちおう、こう反論はしておきなさい』

その言葉は私が普段思いもつかないものだったけど、女神様の託宣にしたがって、精一杯言葉をつむぐ。

「い、いえ！　そもそも殿下を愛してなどおりませんでしたので！　そこは誤解なきようにしてください！　あくまで婚約は国益のために家同士が決めたことです。それを一方的に婚約破棄をして反故にされたのは殿下、あなたです。責任がどちらにあるかは明白ですよね？　ああ、あと、それに付随して、王家と我が侯爵家で色々と話し合いが必要かと思いますが、そちらが完全に有責であることもここの皆さんが証言してくれると思います！　このような場で婚約破棄などされて、我が侯爵家の面目は丸つぶれなのですからね。さ、さて、ところでこんな状況で殿下は私に何をどう責任を取れとおっしゃるのですか？」

女神様の理路整然とした説明に、殿下は憎悪のような表情すらも浮かべる。怖いです！

「しょ、正体を現したな！　そんな非情な女だから、僕は浮気したんだ！」

『その発言こそ墓穴を掘ったわよね。それにしても、見てみなさい？　こいつの発言に物凄く呆れた表情や嫌悪感をあらわにする将来の貴族の子弟たち、とくに女子生徒たちの顔が見えるわよね？　この浮気王子そのものへの信頼が揺らいでるわ。これは次の国王はダメかもしれないと思ってるってこと。少なくとも、彼を支えようという貴族は減るでしょうね。それは後継者争いにも悪影響が出るということよ。そんなことすら理解できないのかしらね。まあ関係ないわ。それはもう、あなたの手を離れたんだから』

女神様のおっしゃる通りだ。私はもう妃候補ではない。自由なんだ。なんだか嬉しくなってきた。

「わ、私は普通の極めて常識的なことを言っているだけですよね？　なら言いますが、ただ浮気するにしても、なぜ三股をかけられていたのですか？」

「うっ!?　そ、それは、だな……」

『オッケイよ。二股なら、殿下の理屈は、うーん、完全に成り立たないとまでは言えないのよ。

ま、もちろん浮気はダメでマジで屑なんだけど、いちおう非情な女から他の女性に逃げたという理屈は論理としては成立してしまうかも。まぁ倫理的には全くアウトだけどね。でも、こいつ三股をしている時点で、ただの女遊びにすぎないことを証明しちゃってるのよね』

女神様の助言に従って、言葉を続けます。

「よ、要するに、殿下のしていたことは、婚約者がいるのに、他の女性たちと浮気をしていたというだけの話です！」

「！！！！」

私にこれほど明確に反論されると思っていなかったのか、殿下は驚愕《きょうがく》とともに、憎悪で顔を真っ赤にする。

でもそんな暇はなかった。

私が完全に反論をし終えると、待っていたとばかりに、ミルキア子爵令嬢とメロイ侯爵令嬢が殿下に迫ったからだ。

「殿下！　昨晩だってあれほど私を愛すると言っていたではないですか！　私を一番愛していると！　王妃にすると！」

「あ、ああ。もちろんだ、ミルキア。君が一番で……」

だが、その言葉に氷の美貌を持つメロイ侯爵令嬢が、真冬の早朝よりもなお凍てつくような

声で、

「殿下。私にも同じ言葉を一昨日の夜、情熱的にささやかれていましたね？　あれは嘘だったのですか？」

と口を挟む。

『サイテー』『シャルニカ様を捨てた上にどれだけ浮気してるの？』『しかもこんな場所で婚約破棄だなんて女の敵じゃない』

周囲の学生たちもガヤガヤとしだす。その声は全て殿下への嫌悪感で溢れている。

「殿下！　どうしてミルキアが一番だとおっしゃってくださらないんですか!?　シャルニカ様と婚約破棄したら私と婚約してくれるのでしょう!?」

「あ、ああ……」

「待ちなさい。婚約が破棄されたのなら、今の殿下は誰とも婚約状態にはない。ならば我がハストロイ侯爵家が婚約を申し込みます。殿下、王家まで正式にお願いに上がりますので日取りの調整をお願いします」

「ちょっと、しゃしゃり出てこないでよ！　侯爵家の令嬢だからって！」

「あなたこそ引っ込んでいなさい。私はシャルニカ様が正当なる婚約者であり、同等の侯爵令嬢だからこそ、二番で良いと思っていたのです。あなたのような子爵令嬢にそのような無礼な口を許すつもりはありません」

「お、おい、メロイ。その辺で……」

「だいたい殿下？　私にも愛を囁《ささや》いてくださったのは嘘だったのですか？」

「嘘ですよ！　ね、ねえ？　殿下？」

不安そうにミルキア様が言うが、

「あー、そ、それは……。嘘……ではないというか……」

「え……」

完全に否定しない殿下に、ミルキアは深い失望を覚えた表情になる。最初に意気揚々と殿下の腕に絡まり婚約破棄をしてきた勢いはもうない。

「私を愛してないのですか？」

「そ、そんなことはない！」

「へえ、殿下。では私は愛してはいなかったのですか？」

「い、いや。そんなことは……」

「どっちなんですか、殿下!!　うっ、うっ」

とうとうミルキア子爵令嬢が泣き出してしまった。

私は可哀そうだな、と思ったが、

『同じことされて泣かれてもね』

女神様の声で我に返った。そう言えばそうだ。

少し状況は違うにしろ、殿下と婚約出来ると思ったら、別の女性が現れて婚約は反故になりそうというのは、私とほとんど同じだった。

『あとシャルニカ。優しい貴女にはつらいかもしれないけど、こう言いなさい』

えっ⁉

私は驚いた。可哀そうという気持ちが先に立つ。でも、そんな気持ちを斟酌《しんしゃく》した上で、女神様はおっしゃった。

『このままだとこの問題は、侯爵家と王家だけの問題にされて、うやむやにされる恐れがあるわ。だから、子爵家にもちゃんと自分のしでかしたことを突き付けないといけないのよ』

要は保身ということですよね。嫌ですが私も貴族令嬢として、何より妃教育を受けて来た身なので、その重要性は知っています。

ありがとうございます、女神様。

「ミ、ミルキア様、泣いているところ申し訳ありませんが」

何よ！　という恨みがましい目で見てくるが、次の私の言葉を聞いて、彼女は真っ青になった。

「こ、このたびの騒動について、侯爵家は子爵家に相応の賠償金を要求します。私が妃となった場合にもたらされるはずだった利益や、慰謝料などについて後日正式に通達します」

『百億ロエーヌぐらいかしらね』

どうだろう。ただ、屋敷の一軒や二軒程度の金額では収まらないだろうなとは、妃教育を受けているおかげで私でも分かった。

「そ、そんな！　で、殿下！　お助けを！　我が子爵家にそんな賠償金を払う余裕はありませんっ!!」

「ぼ、僕にだってない！」

「そんな！　国庫に幾らでもお金があるじゃないですか！」

「馬鹿！　あれは国王にしか執行権限はない！」

「なら、王子の御手元金を融通してくださいませ!!」

「い、嫌だ！　僕のお金だぞ!!　それに何で僕が賠償金の肩代わりなんてしないといけないんだ!!」

『いや殿下の浮気が原因だからだろ』『愛した女の人を見捨てようとしてるわ』『最低な人ね』

衆人環視の元で修羅場を演じる殿下は、これから自領を引き継ぐ高位貴族たちの前で醜態《しゅうたい》を演じていく。

それと同時に、

「殿下、お願いします！　お金を子爵家へお恵みください！」

「し、知らない！　嫌だ！」

「そうです。あなたは自領に帰って震えていればいいのです。殿下もあなたのような女は嫌だと言っているわ」

「う、うわああああああああああああああああ!!」

ついに号泣したミルキア子爵令嬢が走り去ってしまった。

「お、おいミルキア！　ち、違うんだ！」

『何が違うんだかね』

「それでは殿下、後日使者を送ります。もうあんな子爵令嬢のことなど忘れてください。あと、私はあのようなタイプの子は嫌いですので、側妃や妾としても認めませんので、肝に銘じておいてくださいませ」

そう捨て台詞を吐いて、メロイ侯爵令嬢も優雅な足取りで去って行った。

去り際、私の方をちらりと見たが、特に何も言わずに歩み去る。

『あの子結構筋を通すタイプなのよね』

どうやら女神様はメロイ様についてもよくご存じのようです。さすがです。

それにしても、

『最低の屑王子』『浮気を堂々と公言するなんて頭がおかしいんじゃないか?』『次期国王に相応しくない』

そんな声が周囲を取り巻いていた学生たちから漏れるとともに、軽蔑した視線を残して、彼らも散り散りに去って行きました。

「なんでだ! なんでこんなことになったあ! うわあああああ!!」

王子の悲痛な絶叫が響きました。

『よっしゃあ! ざまぁみろってのよ! っていうか単なる自業自得でしょ!!』

一方の私はと言えば、女神様のしてやったりの声が聞こえてきて、何だか可笑しく思うのでした。

◆ミルキア子爵令嬢と破局寸前

【Side第一王子マーク】


あああ……。

あああああ……。

ああああああああああああああああ……。

なぜだ。

どうしてだ。

「なんでこんなことになったああああああああ⁉」

僕は絶叫する。

「どうして僕がミルキアと破局しなくちゃいけないんだ！！！」

僕はあのシャルニカという女が気に入らなかった。面白みのない地味な服装、派手なものより編み物や料理、家庭菜園など庶民のやるようなことが好きだった。実に退屈な女だ。それに何より僕がやることにいちいち口出しするのが気に食わなかった。黒いものでも僕が言えば白だ。途中からお前の意見など聞いていないと怒鳴って、やっとそうした口をきくのをやめさせたのだった。

だからこそ、ミルキアといると心地よかった。派手な衣装で僕にしなだれかかってくる彼女は可愛かった。しかも、将来の王たる僕にシャルニカのように生意気な口をきくこともない。

彼女こそ僕の王妃に相応しいと思うのは当然であり、家同士がいくら決めたことであろうと、将来の王たる僕が自分の妃を選ぶのは当然の権利であると思った。

だからこそ、あの王立学園の卒業式のパーティー会場という沢山の貴族の子弟の集まる場こそ、その輝かしい一歩を踏み出す場として相応しいと思ったのだ。ミルキアも早く婚約破棄をしてほしいとおねだりをしていたので、この提案には大賛成だったのである。

無論、その場に他の恋人であるメロイ侯爵令嬢や、実は他にも付き合っている女たちがいるのだが、メロイは恐らく目立つことを嫌うのでその場では何も言わない。また他の女どもは僕のことを愛し、崇拝しているから、しゃしゃり出てくることはないはずであった。

シャルニカも気が弱いから、きっと何も言えず、終わる。

そう思って婚約破棄を宣言した際は、内心ほくそえんでいたくらいだった。

ところがだ！　シャルニカはなぜか僕がメロイ侯爵令嬢と付き合っていることを知っていたのだ！　そして、なんとあろうことか衆人環視の中で、

『えっ⁉　真実の愛の相手は、今でも仲の良いメロイ・ハストロイ侯爵令嬢ではないのですか‼』

と驚いた顔で言ったのである。

なぜそれを知っている⁉　と思ったし、まさかあの場でそのことを言われるとは予想すらしていなかった。これは完全に誤算だった。くそ、シャルニカの奴め！　なんで邪魔をしやがる！

だが、彼女のその一言のせいで、メロイ侯爵令嬢が動いた。彼女の性格ならば本来は静観しそうなものだが、名前が出されたことに加えて、【婚約破棄】したことにより僕の婚約状態に

【空白期間】があることにつけこんできたのだ！

ここに至って、僕は最大の失敗を犯したと悟った。

メロイの生まれたハストロイ侯爵家は王家と深い結びつきがある。領内に優良な鉱物資源を豊富に持ち、このデルクンド王国の鉄や銅などの資源はハストロイ侯爵領からのものに五十パーセントを依存しているのだ。歴史も古く、公爵家が現在存在しないデルクンド王国では最も有力なる貴族の一つである。

対して、ミルキアの生まれたるアッパハト子爵家は、最近商売で成り上がった貴族にすぎず、王国に対する貢献も大したことはない。

ちなみに、シャルニカの生まれであるエーメイリオス侯爵家は海洋資源と貿易で栄えた家柄で、これまた歴史が古い。ただ僕はその海に近接する貴族にありがちな荒々しい気風が貴族の優雅さを損なうようで嫌いだった。それに海洋資源や貿易に秀でた貴族の家柄は他にもある。だから僕はエーメイリオス侯爵家を内心蔑んでいたし、その家の令嬢と婚約が決まった時も、心底嫌悪したものだ。

そんなメロイがしゃしゃり出てきた。しかも、ハストロイ侯爵家の名前を使ってだ！

こうなると僕としても、その言葉を無下《むげ》にすることはできない。

そんなことをすれば、ハストロイ侯爵家から王家への上納金が減額されるかもしれないし、流通量を絞られれば、とんでもない物価の高騰を招く。そんなことをハストロイ侯爵家にさせた原因が僕などということになれば、王太子という身分も剥奪されかねない!!

な、ならばと僕は考えた。

この際だ、メロイ侯爵令嬢を正妃として迎えよう。そして、ミルキアを第一側妃として迎えるのだ。それで丸く収まる。

そんな計算を頭でしていた。なのに、

『それでは殿下、後日使者を送ります。もうあんな子爵令嬢のことなど忘れてください。あと、私はあのようなタイプの子は嫌いですので、側妃や妾としても認めませんので、肝に銘じておいてくださいませ』

宣告をするようにメロイはそう言い、僕の返事も待たずに歩き去ってしまったのである。くくそ!　僕は王子なんだぞ!!

その上、ミルキアからは泣かれた上に、先ほど手紙が届いた。憂鬱《ゆううつ》な気持ちで開いて読んでみたら、金の無心であった。その筆跡からは鬼気迫るものがあり、侯爵家から賠償金を求められた場合、子爵家がこのままではつぶれてしまう、どうにか王家の国庫からお金を融通してくれるよう国王に頼んでほしい、という再三に亘る依頼だった。

くそ!　そんなこと出来る訳ないだろうが!

僕は頭を抱えて悪態をつき、そして激しく懊悩《おうのう》した。

ミルキアとは破局も同然の状態に陥《おちい》ってしまった。

そして、ハストロイ侯爵家はすぐに僕との婚約に動き出すに違いないから、もはや国王が動く事態に発展してしまうに違いない。

そして金の問題。国庫に手を付けることなど不可能だ。だとすればどうすればいい⁉

本当なら、今頃新しい婚約者のミルキアと二人、祝杯を挙げて華々しい未来について語りあかしていたはずなのに！

今はもはや疎遠どころか、顔を見れば金の無心の話になるのは目に見えているため、会うことはおろか、手紙への返事すらしない状態になっていた。そして、あんなに情熱的だった愛情が急速に冷えていくのを感じた。


そんなことを考えて数日が過ぎた頃である。

恐れていた凶報が届いたのは。

「殿下！　どうしてお返事をくださらないのですか！　エーメイリオス侯爵家から正式に損害賠償請求がなされました‼　このままでは子爵家がつぶれてしまいます！」

そう言って駆け込んできたのは、ここ数日でげっそりとやつれ、以前の華々しい印象のあった面影がすっかり消え失せた、ミルキアなのだった。

その醜《みにく》い姿に僕の愛情は更に冷めるのを感じ、なのに、金の話のせいで縁を切ることはできず、延々とミルキアが僕を追い回して来ることに、どうしてこんなことになったのだという、深い後悔と絶望を感じるのだった。

ゲーム開始【2】時間目.

2度目のざまぁの準備は万端

【Ｓｉｄｅ鈴木まほよ】

さて、卒業式のパーティーではうまく婚約破棄の隙をつき、あの浮気王子を軽く断罪することに成功した。

単なる浮気を真実の愛などと宣《のたま》い、あろうことか、婚約者を卒業式という衆人環視のもとで貶《おとし》めようとする非道を行う以上、相応の報いを受けるのは当然だ、というのが私の考えである。

実際、あの場では王子の印象は最悪にすることが出来たが、一方でこれまで若い時分を全て妃教育に捧げ、友達ともろくに遊ぶこともできなかったシャルニカの貴重な時間は取り戻せないし、口さがない貴族の間では【傷物】という陰口だってやはりあるのだ。

攻略本によれば、事実は王子ルートでは、婚前交渉がない状態で結婚をするはずなので、それはただの噂話なのだが、ゴシップとして人の口に戸は立てられない。

更に、エーメイリオス侯爵家からしても被害は甚大だ。これまで妃教育にかけてきた費用や回収見込みが全て破綻したわけで、その影響はめまいがするほど大きい。

そういったもろもろの被害は、全て第一王子の浮気によるものなのだ。そのことを彼は自覚しているのだろうか？

と、ここまで状況を整理して、卒業式を終えて自領へと戻って来たシャルニカに伝えた。

彼女は一人、家の広大な庭を散歩している。お腹を空かしたのか顔を出したリスを膝にのせ、餌を上げようとしていた。

『多分、反省しているとは思うのですが……。それでしたら許してあげてもいいと思うのです』

そう言いながら、リスに餌を与える。嬉しそうにもぐもぐとせわしなく口を動かすリスの姿を優しいまなざしで愛でていた。

「さすがヒロイン。優しいのね」

『ヒロイン？』

「何でもないわ。忘れて。でも、それだったらもうすぐ王子たちが乗り込んで来ると思うわよ」

『えっ⁉　ど、どうしてでしょうか？　もう婚約破棄をして、赤の他人同士になったはずじゃあ？』

ただ、私はゲーム画面を通じて、第一王子の言動などを見ているのだ。

「婚約破棄の撤回を申し出ると思うわよ？　そうすれば、全て元さやだわ」

『で、でもミルキア様やメロイ様のことはどうするおつもりなのですか……？』

「第一側妃、第二側妃っていうことにするんじゃないかしら」

『えええええええええええええ⁉』

そう。これは少し予測が入っているのだけど、この世界はゲームなので、ある程度、元々のルートに沿おうとする強制力が働くと思うのだ。

だとすると、元々の第一王子ルートでは、ミルキアの存在というのは出て来ず、メロイ侯爵令嬢とのライバル関係となり、その恋愛レースに勝ち抜いて、第一王子と結婚というルートになる。あんな男がどこの誰に需要があるのかと思うが、いちおう俺様系男子ということで人気はあったらしい。

ただ、ここで重要なのは、ゲーム内においてはその後のメロイ侯爵令嬢の処遇は描かれていないし、当然ミルキア子爵令嬢のことも描かれていない。だが、設定資料集によれば、少なくともメロイ侯爵令嬢は側妃になったことが明記されている。これは案外知らないプレイヤーが多い。また、やはり恋多き男子としての性格は直らなかった、とも明記されている。とすれば、これはミルキアが第二側妃になったことを示唆するとも読み取る方が自然である。あるいはもっと沢山の女子とも関係を持つに至ったかもしれない。

『そ、そんなのダメですよ！　ちゃんと好きな人がいるのなら、最後まで責任を持たないと！えっと、でもどうなんだろう。エーメイリオス侯爵家からしたら、元さやの方がいいのかな？』

この子はやっぱり王妃の器なのだなと思う。

浮気王子のダメっぷりを見てもなお、自身の犠牲を厭わず、自領のことを気にかけている。

やや気弱だが、心根が優しい。

ああ、本当だったら素晴らしい王妃になっただろう。

それを第一王子が卒業式のパーティで浮気を堂々と宣言しての婚約破棄などという、バカげた所業で台無しにしてしまったわけだけど。

そんな悩む彼女に対して、私は攻略本を踏まえてアドバイスする。

「なら、お父様に、こう言っておきなさい。あなたのお父様ならご理解くださるでしょう」

『え⁉　で、でも、それだと殿下の王太子として身分が……』

「自業自得でしょう？　浮気を貫くならしょうがないんじゃない？」

『そ、それはそうかもしれませんね。殿下にとっても愛を貫くことに変わりはないし、エーメイリオス侯爵家にとっても利のある話です……。ありがとうございます女神様。早速お父様に話してみます！』

弱気だけど思い切りがいいのがこの子の素晴らしいところだ。

さて、そんなやりとりをした数日後、思っていた通り、第一王子マークとミルキア子爵令嬢が、のんきにも一緒に連れだってやってきたのだった。

『開門せよ！　デルクンドが王太子、第一王子マーク・デルクンドが来訪してきてやったぞ！』

そんな横柄な態度で。

王太子、ねえ。

いつまでその傲慢《ごうまん》な姿勢を貫けるのかしら？

私は冷笑を浮かべながら、ゲーム画面を眺めるのであった。

視野の狭い浮気王子のお馬鹿な顔を、静止画上で眺めながら。

◆婚約破棄の撤回を拒否するだけじゃありません

【Sideシャルニカ】


来訪されたマーク殿下は、エーメイリオス侯爵家の応接室に案内されるとドカリと座られる。

一方同伴している女性は初めて見たように思ったが、なんとそれはあのミルキア子爵令嬢だった。

やつれはてた姿に以前の派手な姿は想像できないほど精彩を欠いている。

部屋には私だけだ。

ただ、女神様の声はどこか冷えた様子で、

『うわぁ、酷い有様になったわねえ。まぁ、まだ命があるだけマシだと思うけど。何せ国難を招くような真似をしたわけだしね』

可哀そうだとは思うけど、その通りだった。

率直に言って、王や王妃というのは数々の貴族たちに納得してもらいうまく担いでもらう為の存在である。派閥はもちろんあるが、表面的な火種はないようにしたい。でなければいたずらに政情不安をかきたて、内乱が起こりやすくなったり、税金をあからさまに滞納したりする。そのため王や王妃には他の貴族からの信頼や、納得するだけの身分が必要となる。だからこそ、王家は早くから婚約者を二大侯爵家のうちエーメイリオス侯爵家からと決め、私に妃教育を幼い頃から施し、他の貴族から不満が出ないよう盤石《ばんじゃく》の体制をつくろうとしてきたのだ。

その多数の人々の努力は、あの卒業式の日に水泡に帰したわけだが。ハストロイ侯爵家が婚約破棄につけ入り、正式に王家に婚約を打診しはじめており、中小貴族も自分たちにチャンスがあると思って水面下で行動したり、二大侯爵家のどちらの陣営につくか虎視眈々としている家も多い。

覆水《ふくすい》は盆に返らない。

もちろん元さやにすることは出来るが、あの卒業式での婚約破棄が一度起こっている以上は、ハストロイ侯爵家の影響力が今後は強まるため、内紛の芽は生き残るだろう。

だが、あの場で婚約破棄を一方的にこちらに非があるような形で受けることは難しかった。

そんなことをすれば、エーメイリオス侯爵領のメンツは丸つぶれであり、南部貴族の代表としての威厳も保てないからだ。自領を守るためにも、王家側が有責であることを突き付ける対応は必須であったと言える。

「さて、僕がここに来たのはシャルニカ。君にもう一度チャンスを与えようと思ってだ」

王子が口火を切った。

「チャンス、ですか？」

だが何のチャンスだろう？　と普通に首をひねる。

そんな私の仕草に、殿下は馬鹿にしたように鼻を鳴らした。

「全く察しが悪い女だ。聞いたぞ、僕にフラれた腹いせにミルキアの生家であるアッパハト子爵家に途方もない賠償金を要求しているようじゃないか？」

「は、はぁ」

私は生返事しかできない。腹いせに賠償金を請求できる法などないので、殿下は何をおっしゃっているのかと純粋に疑問に思ったのだ。

しかし、殿下は意気揚々と話す。自分の言葉に疑問がないのだろう。

「そこでだ。お前をもう一度僕の正妃として迎えてやる。あの場では婚約破棄を宣言したが、撤回してやろうと言うんだ。だが、その代わり、ミルキアへの損害賠償については謝罪しろ。見ろ、お前のせいで彼女は随分傷ついてしまったんだぞ？」

殿下がそう言うと、ミルキア様は恨みがましそうな瞳で私をにらみつける。

「そうよ！　あんたのせいで私はお父様やお母様からの信頼を失った！　損害賠償のお金をつくるためにお気に入りのドレスや宝石、それによく分からないけど鉱山や河川の権利なんかも売らなくちゃならなくなったって！　それも全部私のせいだって怒られたのよ!!」

『いや、それ実際あんたのせいじゃん……』

女神様のいつもの冷静な声に心が落ち着きます。

殿下が言葉を続ける。

「というわけだ。お前のせいで彼女は傷ついた。謝罪して、賠償請求を撤回してくれ。その代わり、お前のような女だが仕方ない、僕の妃にしてやろう。だが、条件がある。メロイ侯爵令嬢やミルキア子爵令嬢は第一側妃、第二側妃とする。やれやれ、これで一件落着。貴様らエーメイリオス侯爵家としても王家とのつながりを持てる。悪くない取引だろう？」

殿下はそう言うと、黙り込みました。

そして、そのまま私が何か言うのを待つ態度になります。

……え？

もしかして、今のが交渉のおつもりなんですか？

『勝手に浮気して、公衆の面前で婚約破棄したかと思えば、今度は謝罪もなく一方的な復縁を要求して、あまつさえ、浮気は継続する宣言をかました上に、浮気相手への謝罪要求とはね』

女神様のあきれ果てた声が響く。

いえ、本当に、そうです。

女神様からはもちろん、事前に、復縁を迫られる可能性を示唆頂いてました。でも、まさかこのような傍若無人《ぼうじゃくぶじん》な態度で、しかも浮気相手に謝罪を要求されるだなんて。

余りにも相手が理解出来ない存在過ぎて……。言い方は悪いですがお馬鹿さん過ぎて言葉を失いかけます。

でも、

『さ、シャルニカ。あなたの返事を殿下が心待ちにしてるわ。余り待たせても悪いわ。何より時間の無駄ね』

女神様の声に私は気を取り直します。

私はシャルニカ・エーメイリオス侯爵家の長女。今日の交渉もお父様から一任されている。

あまり無様なところは見せられない。

まず、事実を告げよう。事実ほど強い論理はないのだ。

私は妃教育でやっと身に付けた微笑みを浮かべながら申し上げた。

「えっと、まず殿下、色々申し上げたいことはありますが、最初にはっきりと訂正しておきたいことがございます。卒業式でも申し上げたのに、覚えていらっしゃらないようですので」

殿下が訝《いぶか》し気な顔をするが、私は微笑みを浮かべたまま言った。

「私は殿下を全くお慕いしておりません。で、ですので、可能であれば殿下とは未来永劫、赤の他人同士としての関係を続けたいと思っております」

「は、はぁ⁉　な、なんだとお⁉」

私のはっきりとした拒絶に殿下はあからさまに狼狽した。

「強がりはよせ。僕の甘いマスクに財力、そして将来の国王としての地位。そんな最高の僕のことを好きじゃない女がいるものか。お前だってそんな僕に惹《ひ》かれて婚約者になったのだろう！」

『酷い勘違い男ねえ』

本当です。

「あの、私が婚約者になったのは王国と愛すべきエーメイリオス侯爵領の領民たちのためです。相手は誰であろうと構いませんでした」

「なあっ⁉」

『どうして事実を言われて驚くかなぁ。そもそも自分の魅力が財力とか将来の国王の地位って言ってんだから。それってあんたが自分で勝ち得たものじゃないんだから、他の人でも構わないって意味そのものなのにね』

その通りです。

「その、殿下。私は、そんな上辺や肩書きよりも、日々努力をしている方や、この国を愛する方のことを好ましく思います。私のエーメイリオス侯爵領は海運の土地です。一方で農業には向かないやせた土地でした。なので、決して思い通りにならない海を相手に日々領民の方々が命がけで漁を行うしかありませんし、他国との貿易が生命線です。肌の焼けるような日照りの日も、真冬の鼻水が凍るような日も関係なくです。そうした血のにじむような領民の皆さんの努力の結果として、今のエーメイリオス侯爵領の発展はあります。そして、そんな私にとって、殿下のおっしゃったこと全ては何の魅力も持っていません。その、む、無価値なんです」

『あはははははは！　シャルニカ、いいわね！　最高!!』

女神様は爆笑されていた。

「き、貴様ぁあああ。なんて不敬な。僕に価値がないだとおお」

殿下は激怒している。今にも躍りかかってきそうな雰囲気だけど、

「か、顔色が優れないようですね。扉の外の兵士に薬でも持たせましょうか？」

その言葉に殿下はギリギリと歯ぎしりをする。兵士がいることを思い出したようだ。

『ね？　備えあれば憂いなしでしょ？』

兵士をちゃんと扉の前に立たせておくように助言してくれたのも女神様だ。まるで相手の性

格を全て把握しているみたい。

歯噛みしている殿下に代わって、ミルキア様が口を開いた。

「殿下のことを愛してないって言うんだったら、あなただって殿下のことを弄《もてあそ》んだようなものじゃない！　なら、私が横取りしたことにはならないわ！　だから婚約破棄も無効よ！　さあ、アッパハト子爵家への損害賠償を撤回なさい!!」

『呆れたわね。なぜに上から目線？　何より、自分の言ってることが分かってるのかしら？』

私も若干頭痛がしてきましたが、頑張って言葉を紡ぎます。

「わ、私と殿下の結婚は政略結婚です。貴族ならば当然のことですよね？　そのおかげで食べ物や着るものに不自由のない暮らしをしているのですから。それが嫌なら爵位を捨てるべきです。しかし、そうでないなら貴族の責任を果たすべきです。貴族の責務に政略結婚は最重要事項として含まれています」

「それなら、僕との婚約を復活させることが、お前の義務だろうが！　ははは！　墓穴を掘ったな、シャルニカ!!」

「そうよ！　ほら、私の領地への損害賠償もこれで無効だわ!!」

（なぜか勝ち誇ったようにお二人が叫ばれますが、お酒でもお召し上がりになってきたのでしょうか？）

『そうじゃないから質《たち》が悪いんじゃない』

そうでした。

「その、全然話の趣旨をご理解されていないようなので、僭越《せんえつ》ながら申し上げますが、今の一連の話は、私が殿下のことをお慕いしているという誤解をされていたのと、なぜか殿下がそれを根拠に復縁を正当化されていたので、まずはその誤解を解かせていただいただけです」

殿下はここまでの話は、まだ本題ですらないと聞かされて、唖然《あぜん》とした顔をする。

頑張って説明を続ける。

「あの、恋や愛は大切なことかと思いますが、まずは貴族の物差しで話をしませんか？　殿下は色々と私が殿下を慕っているという前提で婚約破棄の撤回と正妃として迎えること、そしてミルキア様への謝罪と損害賠償請求の撤回を依頼してこられましたが、それらは全て、前提とされている私が殿下をお慕いしていることが誤解なので意味のない理屈ということはお分かりいただけたと思います」

「ぐ、ぐぎぎぎ！」

『婚約破棄した女にフラれてそこまで悔しいのかしら？』

女神様のごもっともな呆れた声を聞きながら、

「ですが、はい、おっしゃる通り我が領地にとって政略結婚による王家とのつながりが必要かどうか。この一点については重要な点だと思いますのでお伝えいたします」

その言葉に、殿下は少し調子を取り戻した様子になり、薄ら笑いを浮かべられる。

「は、ははは。ほら、やっぱりな！　僕が必要なんだろう！　だがな！　まずは謝罪しろ！　今更、僕の妃になりたいと言っても無駄かもしれんぞう？　何せ、僕は今、完全に気分を害して……」

殿下がまた演説を始めようとされましたが、私はさっさと結論をお伝えします。

「け、結論としましては、我がエーメイリオス侯爵家は第一王子との婚約破棄の撤回に同意しません！　これは現当主の意思も確認した上でのことです！」

「なにぃ⁉」

目を剥いて殿下が叫ぶが、私は続きを話す。

「したがって、アッパハト子爵家への損害賠償請求も撤回しません。また、一方的かつ理不尽な形で婚約破棄をした第一王子マーク・デルクンド殿下は、以降、我がエーメイリオス侯爵領への立ち入りを禁止します!!」

「き、貴様ああああああ!!」

「で、殿下!!　この女を殺してください!!　でないと子爵領が!!」

二人は混乱の極みに陥る。

ただ、

『こんなもので済むと思ってるなんて、甘ちゃんよねえ』

女神様の意地悪そうな声が聞こえた。

そう。

実はこれはまだ序の口。

殿下はまだ何も失っていない。

彼らが混乱して何か罵詈雑言《ばりぞうごん》を発していた、その時である。

兵士が一人断りもなく応接室へと入ってきたのだ。

「な、なんだお前は⁉　今は大事な話をして……」

殿下は最初怒鳴ったものの、その兵士の顔を見て、徐々に驚愕で目を丸くする。

「随分にぎやかなんだな」

その兵士は冷静な態度で言った。

「久しぶりだな、マーク兄さん」

その言葉に我に返ったマーク殿下は、

「リック！　どうしてお前がここにいるんだ⁉」

叫ぶように言ったのである。

その男性はリック。
第二王子リック・デルクンドと言った。
『やれやれ。第二王子ルートかあ』
ルートって何だろう？
聞いてもまたぞろ天界の言葉と言われるのだろうけど。

◆王太子の身分剥奪されるってどんな気持ち？

【Side鈴木まほよ】

リック・デルクンド第二王子。第一王子のマークとは違い、質実剛健を絵に描いたような人物だ。髪の色も黒で短めにしており、身長もスラリと高いながらも筋肉質である。【武人】あるいは【騎士】という表現がしっくり来る。兄が甘めのマスクをしたプレイボーイだとすれば、弟はその逆で剣の腕が立つ寡黙《かもく》で堅実な人物だ。
さて、このリック・デルクンド第二王子の乙女ゲー『ティンクル★ストロベリー　真実の愛の行方』における立ち位置であるが、彼のルートに入らない場合は、リックはメロイ侯爵令嬢

と結ばれることになる。（ちなみに第一王子ルートの時だけ、メロイ侯爵令嬢は例外的にマークの側妃になる）

ただ、これをもってただちに彼が浮気者かと言えば、それは少し違う。このゲームはなぜか浮気者が多いのだが、彼の場合は第二王子という肩書きを持つため、政略結婚させられる定めなのである。そのため、有力なハストロイ侯爵家とつながりを持つことになるのだ。

一方、第二王子ルートになった場合、シャルニカと結ばれた後どうなるのかというと、実は彼が王太子になるのである。

第一王子は第二王子ルートの際に色々な政治的失敗を繰り広げる。それによって国王から廃嫡されてしまい、第二王子が繰り上がって王位継承権一位になるのである。これは反対に言うとシャルニカと結ばれる第一王子ルートだと、これらの失敗がシャルニカの助言や機転で事なきを得て王位継承権を維持するとともに、それによって王子とだんだん仲を深めていく、というストーリーになるのだ。

つまり、ゲームの強制力を考えた場合、第二王子リック・ルートが最適解なのだ。

まず、第一王子マークの影響力については、廃嫡によって王位継承権を消失させることが出来る。第一王子周辺で発生しつつある内乱の芽を摘み取ることが可能だ。婚約破棄をしたのはマークであり、リックではない。要はガラガラポンが出来るのである。また、今日のようにマークがエーメイリオス侯爵家へ権威を笠に着て何か要求や嫌がらせしようとしても、その権力がそもそもないという状態にもできるのだ。

またシャルニカはゲームの強制力がうまく働けば王妃となることが出来るかもしれない。自領や国民を愛するシャルニカは王妃として相応しい。また、これは単なる私の感傷だが、彼女の受けた妃教育は本当に十数年に及ぶ厳しいもので、これまでの生涯を賭して取り組んで来たものなのだ。おいそれと、それこそ馬鹿王子の浮気ごときで、その長年にわたる努力を水泡に帰すべきことでないのは確実である。女の一生をなんと心得る。それに、彼女自身も努力や勤勉であることを好ましく思う、と発言しているのだから、彼女自身の努力も報われてしかるべきだと思うのだ。

あと、もう一つ。大切なことがある。

第二王子リックだが、結構可愛いところがあるのだ。人気投票でも一位だったはずである。他にも他国の王子や公爵令息、大商人の一人息子、辺境伯などもいたりするのだが、好感度が下がると浮気をする。

しかし、リックはそういうところもなく、あくまで政略結婚として他の女性と結ばれるだけだ。その様子も実に淡々としたものとして描かれる。

だが、シャルニカと結ばれるルートのリックは、普段の怜悧な雰囲気は保ちつつも、シャルニカの優しさに徐々にほだされていき、彼女を徐々に溺愛していくようになるのだ。同時に、シャルニカも努力や勤勉を愛するタイプなのでリックのことをこの後とても好きになるのである。推しカプが一番多いのが、このシャルニカ×リックでもある。

というわけで、こうしたギャップが乙女心を捉えて離さないのが、この第二王子リック・デルクンドという人物である。

さて、そんなリックは応接室へ入ると、シャルニカの隣に座った。

『リック、どうしてお前がここにいるんだ⁉』

マークの声がゲーム画面から轟《とどろ》くが、それに対してリックは淡々と反応した。

『俺の婚約者に会いに来ただけだ。兄さん。何もおかしくはないだろう？』

『……は？　お前の婚約者？　い、いやいやいや！　おかしいだろう！　そいつは俺の婚約者だ！』

『い、いえ、婚約破棄されましたが』

シャルニカが少し呆れたような困ったような様子で言った。

その言葉に同意するように、リックも口を開く。

『エーメイリオス侯爵家ご当主オズワルド・エーメイリオス侯爵から正式に王家に打診を頂いた。第一王子マーク・デルクンドに代わり、この俺リック・デルクンドがシャルニカ侯爵令嬢の新しい婚約者になるように、と』

『そ、そんなことを父上が許すはずがっ……！』

『はぁ？　何を言っているんだ？』

『な、なんだその口のききかたは。弟の分際で⁉』

突然、心底呆れられたマークは、激高するように顔を真っ赤にした。

だが、【武人】のリックに対して幾ら優男のマークがすごんでもむなしいだけだ。ますますマークの哀れさを引き立たせるだけであった。

『俺とシャルニカ嬢との婚約は、当然、父上も了解してのことだ』

『そ、そんな！　そのようなこと僕は一言も聞いてないぞ‼』

『それはそうだろうな』

『は？』

マークはリックのその言葉の真意が理解できずにポカンとする。

しかし、次の言葉を聞いて、これまでで最高の混乱に陥る。

『マーク・デルクンド第一王子。あなたを王位継承権第一から除外し王太子の身分を剥奪する。この俺、リック・デルクンド第二王子があなたの王位継承権一位、並びに王太子の身分を引き継ぐ。これは王からの勅命である』

そう言って、玉璽《ぎょくじ》の押された書面をはっきりと机の上に広げた。

『な、なんだとおおおおおおおおお⁉』

マークの取り乱しようは筆舌に尽くしがたいものだった。

『ぼ、僕が何をしたって言うんだ⁉　廃太子だなんて、こんなのあんまりだ⁉　そ、そうかお前の陰謀だな⁉　シャルニカ‼　お前が裏でコソコソと陰謀を操り、王家をのっとるつもりなんだ‼　そうに違いない‼　うおおおおおおおおおおおおお！！！』

彼は絶叫して、シャルニカへと襲い掛かろうとするが、

『無礼者が‼』

『ぎ、ぎゃあああああああああああああああ！！！』

『え？　え？　え？　え？』

目にも留まらない速さで、リックはマークの頬を打つ。唖然としたところを瞬時に押さえ込むと、手を後ろに回して拘束してしまった。凄まじい速さだ。ちなみに、ミルキアは何が起こっているのか分からず茫然とすることしか出来ない。

『俺の婚約者であり、かつ将来王妃となられる方に狼藉を働いた罪、国王に報告させてもらうぞ。兄さん、覚えておくべきだ。あなたはもう王家にとって不要な存在。廃嫡され、王位継承権からも漏れた以上、面倒で厄介な存在なんだ。おとなしく……そうだな。辺境の小さな領地

を与えるから、そこで静かに余生を過ごしてくれないか？』

『う、嘘だ！　僕は将来の王なのに！　王太子のはずだ！　冤罪《えんざい》だ！　これは何かの陰謀だ‼』

納得いかないと喚《わめ》き散らすマークに、「はぁ」とリックがため息を吐いた。

『あ、あの。ご、ご説明しましょうか？』

その時、シャルニカが口を開いた。多分、訳が本当に分かっていないマークのことが可哀そうになったのだろう。

「お人好しねえ」

私の声は恐らく彼女に届いただろうが、彼女は気にせず話し始めた。

廃太子マークに対して。

◆マーク王太子は身分を剥奪され、ミルキア子爵令嬢と辺境に追放される

【Ｓｉｄｅシャルニカ】


私は思わず「ご、ご説明しましょうか？」と口を挟んでしまった。

これは王家のことで、私は王太子リック殿下の婚約者なので口を出す権利はあるのかもしれ

ないが、それでもまだ王族ではない。その意味で少し差し出がましかったかもしれない。

実際、リック殿下は私がそう言った時、少し驚いた表情をされた。

ただ、現在リック殿下は、廃嫡された第一王子マーク殿下を、その圧倒的な武力で押さえつけられているところで、説明どころではないだろうし、またマーク殿下は自ら自賛されていた甘いマスクを屈辱に歪め、鼻水などが出るのもおかまいなしに聞き取れない何事かをまくしたてられていて、哀れを誘う様子だ。

その意味で、今事情をマーク殿下にご説明して差し上げることが出来るのは、状況的にも、心情的にも私だけだと思う。

女神様の『お人好しねえ』という、全てを見透かしたお言葉をお聞きしながら、私は続きを話そうとする。

ただ、先にマーク殿下の罵倒が飛んできた。

「これはお前がたくらんだ陰謀ということか！　シャルニカ・エーメイリオス侯爵令嬢！　貴様！　絶対に許さんぞ！　王都に帰ったら貴様のしでかした罪を暴き、この領土を没収し、一族郎党斬首してくれるわ!!」

え、えーっと。

「あ、あの。大丈夫ですか？　後半部分は王太子の婚約者への殺害予告でしたが……。もう王太子ではないのですから、ご発言には気を付けられた方がいいかと思いますが」

「なぁ⁉」

その言葉に、マーク殿下は目を剥き、一方でリック殿下がなぜか嘆息した。いや、苦笑したようにも見えるがなぜ？

「シャルニカ嬢は気にすることはない。王家の恥部は王家で処理する。むしろ、王家のことを気にかけてもらい申し訳ない」

「あ、い、いえ。妃候補ですので当然のことです」

リック殿下は一見つっけんどんな無骨なイメージだが、筋が通っており義理堅い人柄だ。こうして謝罪する時もしっかり言葉にして謝ってくれるのだ。

「それより説明してやってくれ、この愚兄に」

は、はい、と頷いて、事情を説明することにした。

「先ほどマーク殿下は陰謀と申されましたが、確かに今回の王太子交代はエーメイリオス侯爵家が王家に働きかけて実現したものです」

「そらみろ！　やはり陰謀ではないか‼」

「そうよ‼　この女を極刑にして‼」

マーク殿下とミルキア様が叫ぶように言う。

でも私は淡々とその言葉に反論を述べる。

「あの、殿下にミルキア様、陰謀ではなく、これはまっとうな政治です。誰を将来の国王にし、その妃を誰にするかというのは国家の要諦です。そして、使えなくなった駒は捨てられます」

「僕が使えない駒だっていうのか⁉　そんな訳がっ……‼」

「あ、はい。そうです」

「……ある、か？　って、は、はぁ⁉」

私は構わずに言葉を続ける。

「ま、まず殿下は大前提をお間違いなのです。私たちは駒なので代えがそれなりに利きます。もちろん、王太子は嫡男が良いですし、王妃は爵位の高い令嬢が良いでしょう。出来るだけ国内の貴族たちに顔が利き、かつとりまとめられる王や王妃の方が良いですので、継承権第一位はもちろんマーク殿下でした。そして、現王妃が北部貴族の代表格であり、二大貴族の一つ、ハストロイ侯爵家から出ているので、次は南部貴族の代表格である当家から妃候補を出すことは国内の勢力均衡の観点から王国の既定路線でした。もちろん、現王妃殿下におかれましてはハストロイ侯爵家からメロイ様をと思っておいでだったでしょうが、国王陛下が政治的決断を下されています。だからこそ私が幼い頃から妃教育を受けて参りました。そして、あらかじめこの大方針を国中に広く喧伝しているからこそ国内はそれほど大きな派閥争いはない状態だったのです。いわば統制の取れた派閥争いとでも言うべき状態でした。派閥争い自体は無くなりませんから、これはベストな状態です。しかし、そこに、あの卒業式での婚約破棄騒ぎがありました。あれは子爵家からでも王妃が出る可能性があることを広く知らしめる出来事であり、次の王妃候補は空白の状態だと理解されています。そのため、今、国内は水面下で大きな混乱が起ころうとしていて、有象無象の中小貴族たちが今、王家との婚姻を狙って押し寄せています。その処理に国王陛下や側近は忙殺されているでしょうね」

「な、ならやはりお前が僕の婚約者に戻ればいいだけの話じゃないか！　それで全て元通りだ！　結局お前の我儘だろうが!!」

『うわぁ、自分が浮気して勝手に婚約破棄したくせに、どの口が言うのかしら、この元凶の屑男《くずおとこ》』

女神様が思う存分の罵倒をおっしゃっているので、私は反対に落ち着いて話を続けることが出来る。

「その、私も最初はそうしようかと思いました。ですが、少し考えてみるとそれは難しいことがすぐ分かりました。もうすでに婚約破棄をあのような卒業式とはいえ、一種の公的な場で行われています。ああした多くの貴族の集まるパーティーでのご発言や決定は、王国の慣例法に則り有効です。人前式のようなもので、婚約破棄は成立しています。そして、もう一度、婚約者となるためにはハストロイ侯爵家との政治的調整を王家とやり直さないといけません」

「そうすればいいだろうが！」

「えっと、それは無理です。なぜなら、王家からエーメイリオス侯爵家へ一方的に婚約破棄をされましたので、私たちの立場はかなり弱くなったのです。王妃殿下も口を挟まれるでしょう。仮に改めて私がマーク殿下の将来の妃候補に復活したとしても、当初国王陛下が期待されていた平穏な政略結婚ではなくなり、エーメイリオス侯爵家とハストロイ侯爵家との壮絶な権力闘争という構図になってしまうだけです。それは中小貴族たちの激烈な派閥争いを引き起こします。最悪、内乱が起こります。これは国王陛下が最も恐れていた事態で、とても採用できる政策ではありません」

「そ、それが僕のせいだって言うのかよ！　お前のせいだろうが！　あの場で婚約破棄を受け入れて、メロイの名前さえ出さなけりゃ、僕とミルキアは婚約出来ていたんだ！　それをお前がぶち壊したせいで、こんな事態になっちまったんだろうが！」

「あ、あの。私もエーメイリオス侯爵領を守る必要がありますので、一方的な婚約破棄を当家が有責のようにおっしゃるのを受け入れることは絶対に出来ませんでした。これはご理解頂けますよね？　そ、それとそもそものお話を聞いていただいてましたか？　王国にとって妃候補にするのはまずエーメイリオス侯爵家からですし、その次があるとしてもハストロイ侯爵家です。ハストロイ侯爵家から今回も妃候補を出すとなると南部貴族が納得せず国が割れかねませんが……。ただ、と言っても子爵令嬢と婚約などすればこの国はバラバラになると思います。どの貴族も納得しないからで、王室から離反する可能性が高いです。すると、王家は維持できないでしょう。なので、子爵令嬢と婚約されるなら、どちらにしても王位継承権は放棄することになると思います」

『ミルキアの名前って【本編】で全然出てこないのはそういう訳よね』

本編って何でしょうか？

また天界の用語なのでしょうね。

「う、嘘よ！　私は王妃になるんだから!!」

ミルキア様が絶叫しています。でも、そんなに王妃になりたいものでしょうか？

「あの、私は貴族の義務だからこそ、領民を愛するからこそ王妃になろうと決意しましたが、他の方が適任ならば、本当はお譲りすべきと思っているのです。例えば、メロイ侯爵令嬢などは本当は私より適任だと思うのです。ただ、政治的状況が許さない、という話をしているのですが、お分かりになられませんでしょうか？」

『馬鹿は放っておきなさい』

女神様は厳しいお方です。

「そ、そんな！　ならお前を婚約者に戻しても意味がないじゃないか！　この役立たずが!!」

「役立たずはあなただ、兄さん。まったく」

「な、なにい⁉　ああ、い、いだい！　いだい！　いだい！」

暴れようとしたマーク殿下の腕をギリギリと押さえつけながら、リック殿下は言った。

「シャルニカ嬢は貴族として完璧な振る舞いをされている。素直に言って、あのような公的な場所で婚約破棄を女性に告げるなど唾棄《だき》すべき所業だ。あなたが兄でなければ斬り捨てていただろう」

「ひっ」

本物の武人である第二王子の迫力に、今まで陸に打ち上げられた魚のようにのたうちまわっていたマーク殿下が息を呑んでおとなしくなる。

「普通の女性ならばあの場で王太子から突然の婚約破棄を告げられれば絶望して自殺するかもしれない。それをシャルニカ嬢は毅然と兄さんの浮気を指摘し、自領たるエーメイリオス領を守った。素晴らしい女性だと思う」

「あ、あのそんなに褒めないでください。恥ずかしい……」

『おやおや』

女神様がなぜかニヤニヤしているような気がした。

「何より兄さん。王太子だったあなたよりも王国のことを考えている。婚約破棄事件のせいで、ハストロイ侯爵家からは正式な婚約の依頼が舞い込み、父上は苦悩し、母上はメロイ侯爵令嬢との婚姻を進めようと躍起になっていた。中小貴族からも毎日山のような婚約依頼が舞い込んでいて、どう転んでも王国はただではすまないだろう状況だった。何より恐れたのは、あのような無礼な仕打ちをしてしまったエーメイリオス侯爵家が王家から離反してしまうことだ。父上は本気でお忍びでオズワルド・エーメイリオス侯爵に謝罪に伺おうとまで悩んでいた。そこに、このシャルニカ嬢が実父オズワルド様に取りなしてくださったのだ」

「そ、それはどういう？」

「分からないのか？」

リック殿下は呆れた様子で説明を続ける。

「自分はあのような公衆の面前で婚約破棄をされたことは気にしていない。だからまずは王国の安寧《あんねい》を考えてほしい、ということをだ。兄さんは想像出来ていないかもしれないが、その時点においてオズワルド侯爵は本気で激怒していた。大切な一人娘にあのような仕打ちをされてはな」

『そりゃそうよね〜』

「だが、貴族としてまず国と領民の安寧を願うシャルニカ嬢の言葉を受けてその怒りをおさめられた。そして、ありがたいことに、シャルニカ嬢からオズワルド侯爵へ万事収まる方策をご相談された。それが第一王子の廃嫡と、俺の王位継承権の繰り上げだった。マーク殿下の下に婚約者として復帰するのとは違い、さかのぼってマーク殿下を廃嫡するならば王家としての強い反省の意思を打ち出せるし、馬鹿なことをしでかした貴様を処断したというケジメも付けられる。新しく王太子となった俺には侯爵令嬢へ婚約破棄をし、子爵令嬢を妻にしようとし、メロイ・ハストロイ侯爵令嬢とも浮気をするような政治的失敗という前科もない。それで王室のすべての汚点をすすげる訳ではないが、マーク兄さんが王太子であるという政治的失敗と言って良い状況は、劇的に改善する」

「俺が邪魔だというのか！」

「そうだ。というか、生きてるだけで本当は有害なんだ。廃嫡で済ますだけでも感謝してほしいくらいだ。恨むなら己の不明を恨むといい。あと、ミルキア・アッパハト子爵令嬢」

「ひ⁉　な、何よ⁉」

実は裏では大変な事態になっていたことを知り、将来の王妃だと輝かしいお花畑のような未来を夢見ていた少女は、現実を前に顔面を蒼白にし、何十も歳をとったような、げっそりとした表情になっていた。

「本来ならばアッパハト子爵家は取り潰しだ。婚約者のいる王太子を奪おうとする子爵家など王国には不要だからな」

「なんでよ！　メロイ侯爵令嬢だって同じことをしてたじゃない⁉」

はぁ、とリック殿下はため息を吐いて呆れる。

「本当に何も分かっていないんだな。メロイ侯爵令嬢は側妃を狙っていたんだ。一度話したことがあるが、あれは食えない女だ。自分が側妃になることによる王国のリスクもよく分かっている。だが、自領のことを思えば影響力は残したい。そのためにマーク兄さんに近づいたのだろう。お前と違って王妃の座を狙ったわけじゃないし、ちゃんと王国全体のことと自領のことを天秤にかけている。これはお前とは決定的に違う点で、彼女の行動基盤には政治がある。だが、王国のことを一切考えず自らの欲しかないお前は子爵令嬢として失格だ」

「で、でも！　あの女だって婚約破棄の後、正妃として名乗りを上げたわ！　ほら！　私と一緒じゃない‼」

『本当に話を聞いてないわよね。全然違うじゃない』

「卒業式の会場で、あろうことか王太子が子爵令嬢と婚約するなどという話が出てしまったから、自分も婚約者になると名乗り出なければならなかっただけの話だ。あの場で名乗り出なくても、後々のところで手を打っただろう。子爵令嬢が王妃になどなれば国がとんでもないことになる。再三、先ほどシャルニカ嬢が説明してくれた通りな。そして、もしも廃嫡しないとなれば、彼女は正妃を狙うだろう。これも先ほどシャルニカ嬢が言った通り、婚約破棄によってエーメイリオス侯爵家の力が相対的に弱まり、ハストロイ侯爵家の力が相対的に高まるために、各貴族たちの統制がとれなくなるから、ハストロイ侯爵家を筆頭とする北部貴族たちの意向を無視できなくなりメロイ侯爵令嬢としても正妃になるようにという政治的圧力がかかるからだ。つまり、遅かれ早かれ、お前は排除されていたと思うがな？」

「そ、そんな。そんなの酷いわ！　あんまりよ！　恋愛さえ自由にさせてもらえないなんて!!」

あ、あのミルキアさん。議論がすり替わってますよ？

「それもシャルニカ嬢が言っただろう？　俺たちは貴族で何不自由なく暮らせている。それは貴族の責務をまっとうするからだ。そうでないなら、爵位を捨てるべきだ。自由に恋愛がしたいというのならば、お前は爵位を捨てるか？」

「嫌よ！　下賤な村娘になるなんて！　絶対に嫌！」

その言葉に私もリック殿下も初めて嫌悪感を表情に出すが、言っても無駄そうなのでもはや口には出さない。

「ふむ、なら取り潰しだけはやめておいてやろう。王家の過失でもあるしな。そこで王家としてはこのような処置をすることとした」

「え？　損害賠償の撤回かしら!?」

『なんでそうなるのかさっぱり分からないんだけど』

女神様も呆れを通り越していらっしゃるようだ。

「損害賠償は要求された額を払うことを改めて申し渡す。更に、恋愛がしたいというのなら、廃嫡したマーク廃太子と結婚するが良い。辺境ラスピトスに土地を用意するゆえ、そこで夫婦となり、仲良く暮らすといい」

「な！」

「ええ⁉」

マーク元王太子とミルキアさんから悲鳴のような声が上がる。

「い、嫌だ！　どうして僕があんな辺境に行かないといけないんだ‼　あそこは土地も痩せて、しかも極寒の土地じゃないか‼　嫌だ！　嫌だ！　頼む！　助けてくれ！　僕は王太子だ！将来の国王になる男なんだ！」

もはや反抗の意思を失ったと見たリック殿下が手を離すと、マーク元王太子は今度は頭を抱えながら子供のように激しく地団駄を踏み始める。とても王族がするような振る舞いではなかった。

「わ、私も王太子でないマーク殿下との結婚などしたくありません！　お願いです！　子爵家へ帰してください！　王妃になれないうえに、そんな貧乏な生活をマーク殿下とするなんて耐えられません‼」

「あ、あの、自由な恋愛をされたいんじゃなかったんですか？」

「そんなの、王妃になれるから近づいたに決まってるでしょうが!!」

一方のミルキアさんは激情の余り、持っていたハンカチを噛んで大粒の涙を流しながら泣き叫び始める有様である。

「そ、そうなんですか。す、すみません」

『謝んなくていいのよ……』

一方のリック殿下は厳然とした態度で、

「これは勅命である。既に子爵家にも了解はとっている。取り潰しをまぬがれるなら、娘一人が嫁ぐぐらい大したことないと言ったそうだ」

「う、うわあああああああああああ!!　い、嫌よ！　嫌ああああああああああ!!　くそ！　こんな馬鹿王子のせいで私の人生台無しよおおおお!!」

「な、何だと貴様！　僕が誰か分かっているのか!!」

「ただの辺境の一小貴族じゃない！　どうして私がそんな身分の低い男に嫁がないといけないのよ！　嫌よ！　最低！」

「き、貴様ああああああ」

王族と貴族であるはずの二人の、余りにも口汚い罵り合いはいつまでも続きそうだった。

『醜いわねえ』

女神様の声が頭に響く。

さすがの私もドン引きしてしまった。

あんなに大胆な婚約破棄をするくらいだから、とても愛し合っていると思っていたのに、王太子ではなくなったくらいで破局同然になってしまうなんて。

だが、とにかくこうして話し合いはいちおう終結した。

後日、元王太子マーク殿下は、その身分を正式に剥奪され、一代男爵を封爵《ほうしゃく》されたうえで辺境の土地へと追放された。

同時に、最後まで抵抗していたミルキア子爵令嬢も、無理やりご両親に縄で縛られて罪人同様の様相で、辺境ラスピトスへと送られたという。

やれやれ、ともかく一件落着？

そう思っていたのだけど、

『油断してはだめよ、シャルニカ？』

そんな女神様の忠告がある日届いたのだった。

ゲーム開始【3】時間目．

愚かに過ぎる兄と、素晴らしい女性のシャルニカ嬢

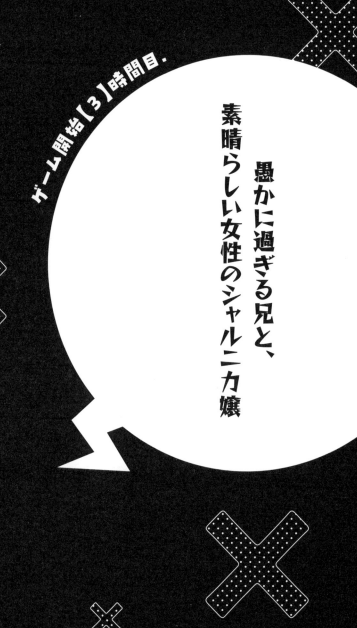

【Side第二王子リック・デルクンド①】

俺こと第二王子リック・デルクンドは、幼い頃から無愛想な人間と評されてきた。同時に、父上。つまり現国王からも、俺が将来、王になることはないから、変な気は起こさぬように躾けられてきた。ただ、それは特段おかしな申しつけではないと、幼い俺でも理解することが出来た。だから不満に思ったことはない。

デルクンド王国は北部に鉱物資源などが集中し、一方で南部は海に面した大規模な漁業と交易で栄えている。北部と南部、それぞれの貴族の代表格が北部ハストロイ侯爵家であり、南部エーメイリオス侯爵家である。数十年前に公爵家の謀反《むほん》が起こり取り潰しがあってから、公爵家はずっと空席となっている。従って、この両家は二大侯爵家と呼ばれ、実質的な貴族のトップである。

現王妃、母上はハストロイ侯爵家の出身であり、北部貴族の利益を代表している。ゆえに、次も王妃をハストロイ侯爵家から出すのは南部貴族に大きな不満を抱かせることは火を見るよりも明らかだ。そのため、次の王妃は国王が先手を打ち、南部貴族の代表であるエーメイリオス侯爵家より出すことを宣言してきた。これは北部貴族は不満でもあろうが、バランスを考えれば当然だと納得感もあり、しっかりと根回しもされた優れた政策だったと思う。

この根回しがどれだけ国王の神経をすり減らすほど慎重に慎重を重ねながら行われ、ハストロイ家出身の王妃を説得しつつ、北部貴族たちをなだめながら進められたかは想像するに余りある。お疲れ様でした、と我が父のことながら慰労したいほどだ。そして、このことにまつわり関係したすべての人間たちは国家百年の安寧のためにどれほど寿命をすり減らしたかと思うとこれも想像を絶するところだ。せめて彼らの給金が少しでも増えれば良いと思う。

そして、俺はそうした国家の大方針に余計な疑念や、よこしまな貴族が寄ってこないよう、出来るだけ剣の道に励むことにした。優雅さのかけらもない、無骨で無愛想な男。邪魔にならないこと。それが俺の取りうる最大の国への貢献であり、それで俺は満足であった。貴族なのだから役割を果たすことは当然だ。その中には何もしないという選択肢も当然ある。

だが。

驚くべきというべきか、呆れかえるべきか、理解不能なのだ。こうした大局観を一切持ち合わせていない唯一の王室関係者がいた。

それこそが、我が兄、マーク・デルクンド第一王子である。

当然ながら父上は、マーク兄さんに口すっぱく、貴族としての振る舞いや、今後の国家運営に関する説明を行い教育をしてきた。今言ったような北部貴族と南部貴族のバランスを取ることの重要性は耳にタコができるくらいしていたのだ。

女癖は悪く、俺としては眉を顰《ひそ》めるものがあった。だが、自分の役割は理解しているはず。そう思っていた。

それが油断だと判明した時には、すでに事は起こった後であった。

マーク兄さんが、まさか王立学園の卒業式という公的な場でもって【婚約破棄】を宣言するなどとは！　しかもその相手は、どこの馬の骨とも知れぬ子爵令嬢であった！

これが友人たちの集まりの場にすぎないであるとか、プライベートな集まりで言ったことならば、まだ冗談で済ませられる。だが、卒業式という、貴族の爵位を既に持つ者、あるいは将来爵位を正式に継ぐ予定の子弟・子女たちが多く集合するあの場は、いわゆる人前式のような公的なものであり、王国の慣例法としても、その発言に有効性がある。

マーク兄さんはあの【婚約破棄】が何を引き起こしたのかまるで分かっておらず、その上、あの場でミルキア子爵令嬢との婚約宣言が出来なかったことを悔しがっていたが、そもそも王家がそんなことを認める訳がないことすら理解していなかった。恐らく、穏便に別れさせるか、あるいは躊躇なくアッパハト子爵家を取り潰すだけの話である。なぜならば子爵家から王妃が出るならば、もはや国内のどの令嬢であっても、王室に取り入ることが出来ることを示すからだ。そんなことになれば、侯爵家は納得せず内乱の芽となるし、他の貴族はどちらかにつく。もまた弱小な子爵家、男爵家ほど次の婚約者を出そうと躍起になって王室にすり寄るだろう。

はや統制は不可能となる。

そして、一番ありうる未来は、二大侯爵家が王室より離反し、それに他の貴族が追随し、現王室は廃止され、新たな王室が、恐らく二大公爵家を筆頭とした戦争の末、どちらか勝利した側の家から興《おこ》るといったところだろう。ただ、それを周辺国が傍観しているかといえば、そうではない。例えば、北部の鉱脈を虎視眈々と狙っている隣国へイムド王国は内乱に乗じて攻め入る可能性が高いし、良質な漁港を持つ南部領地も他国垂涎の的であり、攻め入られる可能性は高い。

つまり国家としての存続を揺るがす、大事件を、悪く言えば、あの馬鹿兄は行ったということだ。

卒業式で【婚約破棄】の知らせを聞いてからの、国王陛下の十歳は老け込んだ様子は忘れられないし、それまで尽力してきた宰相や大臣たちなどは一部卒倒していた。気持ちは分かる。なぜなら国が無くなるかもしれないからだ。

一方の母上はハストロイ侯爵家のメロイ侯爵令嬢を次の王妃にしようと画策を始めた。母上は北部貴族の利益を代弁する必要があるから当然の政治的な動きである。子爵令嬢を王妃にするよりかは何倍もマシであることからも割と王家や側近でも受け入れられやすい案でもあった。

だが、その場合は南部貴族が大きな不満を持つだろう。何より、エーメイリオス侯爵家のメンツが丸つぶれだ。ハッキリ言って、婚約破棄直後に王室から離反されてもおかしくなかった。兄は誤解していたようだが、エーメイリオス侯爵家はハストロイ侯爵家よりもある種、重要な家柄なのである。というのは交易による富の他にも、貿易を通じて他国と親交が深いため、外交的な役割を果たすことが多いのだ。彼らのおかげで戦争よりも経済的利益を優先するという相互互恵関係が他国との間に存在するし、様々な情報を王室にもたらしてくれる。この辺りの他国の情勢や機微は、王家の諜報機関よりも、むしろエーメイリオス侯爵家が掴んでいるのである。

そんな家の一人娘であるシャルニカ嬢を、兄はあろうことか卒業式という大舞台の、公衆の面前で最大の恥辱を与える形で婚約破棄し、新しい彼女を紹介しようとしたのだという。しかもそれはただの浮気であり、弁護のしようもない。シャルニカ嬢には一切の過失がないのだ。

王室の完全なる有責であり、あの気丈な国王陛下と側近が失神しかけた（一部側近は本当に失神した）のも無理からぬことだ。

そのようなわけで、国王陛下は、オズワルド・エーメイリオス侯爵へ謝罪の親書をすぐにしたためると共に、自ら赴いて、その尻拭いをしようとまでしていた。

愚兄のしでかしたことは、それほど愚かで、国を傾ける、王太子として失格の行為だったのである。

本当に、実に、まったくもって愚かなことをしてくれたものだ。

その兄の弟であることが恥ずかしいと思わずにはいられないほどに、俺は我が事のように恥じ入るほどであった。

だが。

ここでもまだ希望は潰えてはいなかった。

一通の手紙が届いたのである。

ついに王室からの離反かと、憔悴しきった父上が見た内容は、想像の全く逆だったのである。

なんと、激怒していると聞いていたオズワルド侯爵が怒りの矛先を収めてくれたのである。

一人娘に、しかも将来の妃候補として王室から依頼し、立派に育て上げてくれた娘にあのような形で恥辱を与えた王室をオズワルド侯爵は寛容にも許してくれたのだ。そして、何よりも驚かされたのは、その説得をしてくれたのが、王家が一方的に婚約破棄をしたシャルニカ侯爵令嬢なのだと言う。

その時父上が初めて泣いた顔を見た。

シャルニカ侯爵令嬢は自分の身よりも、国家全体の安寧、領民の暮らしをまず考えてくれたのである。愚兄にあのような目に遭わされたのにそれを水に流し、どうにかこの事態を収めようとしてくれていたのだ。これには母上すらも押し黙った。そして一言、

「私は北部貴族の代表としてメロイを推薦します。ただし、シャルニカさんを王妃にすることに反対はしません」

なお母上もハンカチを目に当てていた。鉄の女性と言われた母上の心をここまで動かすのは凄いことだ。

王室全員がシャルニカ侯爵令嬢の寛容さと行動力、視野の広さに尊敬の念を抱いていた。

そう言えば、大事件のせいで余り気にされていないが、婚約破棄をいきなりされた時も、彼女は自領の利益と尊厳を守るために毅然と反論し、愚兄が一方的に有責であることをしっかり主張していた。普通、いきなり婚約破棄をされた直後の混乱している時に出来るものではない。そして、もし反論していなければ、南部貴族たちの不満は頂点に達していただろう。そう思うと恐ろしい。その意味で彼女はあの卒業式の時も、この国を救ってくれていたと言える。

彼女のことは将来の王妃ということで何度か見たことがある。

のんびりとした優しそうな人に見えた。ふんわりとした金髪は艶やかで、服装は、将来の妃候補だが派手さはない。ただ、見る者が見れば分かる質の良い服装をしていた。何より瞳が人を惹きつけると思った。天真爛漫で、アンバー色の瞳がくりくりとした可愛らしい人だと思った。だが、それだけではなく、その心根は芯の強い、南部貴族の気風を持った女性なのだろう。

俺はそんな彼女を尊敬している。

そして、オズワルド侯爵からの提案には、愚兄第一王子マークの廃嫡と、この俺の王位継承権の繰り上げ。つまり王太子の身分とすることが書かれていた。

これしかない、と誰もが思ったことだろう。

もはや、南部貴族の代表たるシャルニカ・エーメイリオス侯爵令嬢を衆人環視の下、婚約破棄した愚兄がシャルニカ嬢を再び婚約者とするようなことをしても事態は収まらない。もはや愚兄に残された王族として出来る仕事は、恥辱の限りを与えたことの罪を償うために廃嫡を受け入れケジメを付けることで、その身をもってその愚行を南部貴族、とりわけシャルニカ嬢に詫びることとしかない。

そして、俺には幸い誰も婚約者がいない。無骨で無愛想な武人ということで社交界で評判が良くない。ありていに言えば恐れられていたからだ。だが、今回はそれが良かった。南部貴族たちとしては不満は多少残るかもしれないが、ケジメを付けたうえで王室にシャルニカ嬢を迎え入れられるのだから。北部貴族にもやはり多少の不満は残るかもしれないが、馬鹿なことをしでかした愚兄が廃嫡された事実が、王家としてけじめを付けてくれたと受け取ってくれるだろう。

ところで愚兄の処遇だが、本来は極刑にすることも真剣に検討された。そして浮気相手でシャルニカ嬢に成り代わり王妃になろうとしたミルキア子爵令嬢もだ。

だが、王家の者を極刑にするのは逆に不穏の種をまくことになるかもしれないという慎重意見も出た。何よりシャルニカ嬢が反対した。

そういうこともあり、愚兄ならびにミルキア子爵令嬢は辺境送りとなったのである。

最後まで納得していなかったようだが、愚兄よ、文句を言っているのはあなただけだ。

俺はあなたのような兄を持ったことを心底恥じ入る。

ただ、一つだけ良いことがあったとも思う。

シャルニカ・エーメイリオス侯爵令嬢と婚約出来たことだ。

俺は彼女を尊敬している。

だが、今はそれ以上に女性として魅力を感じていた。こんな気持ちは初めてで戸惑っているというのが正直なところだが。

それは、愚兄が愚かにもエーメイリオス侯爵家へ、厚顔無恥にも乗り込んで来た時に、目前で彼女が毅然としている姿を見たからだった。

◆愚兄は皆の期待を全て裏切る

【Ｓｉｄｅ第二王子リック・デルクンド②】

愚兄マークがミルキア子爵令嬢を伴い、エーメイリオス侯爵家へ来訪することは、当然王室としても把握していた。

これについては、既に廃嫡が水面下で決定していた愚兄に、これ以上ことを荒立てられては困るため、エーメイリオス侯爵家へ行くのを止めようという意見も当然あった。

だが、愚兄も人間だ。

事の道理を理解し、シャルニカ嬢へ謝罪をするつもりだろう。それによって廃嫡が覆ることはないが、ある程度温情のある処置へ変更することもやぶさかではなかった。どこか温暖で気候の良い土地を領地として与え、そこで人や自然の優しさに触れるなどして長い時間をかけて更生してもらう道だ。

王室の面々はそう期待し、その出発を是認したのである。

ただ、一方で悪い予感を父も俺も持っていた。そこで、万が一があってはならないため、俺は国王から【第一王子廃嫡並びに第二王子の王太子への王位継承権の繰り上げ】という勅命の書面を携え、秘密裡に先行して、エーメイリオス侯爵家へ行くこととなったのである。

会談時には、いちおう守衛という形で扉の前で張り付き、経緯を見守るのが主要な仕事であった。廃嫡の勅命は王都に戻ってから国王陛下から下せば良い。あくまでこれは万が一のための保険として俺に託された書面であり、使うことはないと期待していた。俺ですら、マーク兄さんとシャルニカ嬢の会談が始まるまでは謝罪することを想定していたのだから。

しかし、そんな期待は早々に裏切られた。

まず、第一声から俺は信じられない言葉を愚兄より聞かされた。思わずこの俺が耳を疑い動揺したほどだ。

扉の隙間よりこっそりと中をうかがっていた俺は、愚兄がシャルニカ嬢のすすめたソファーに、ドカリと横柄な態度で座るのを垣間見た。この時点で凄まじく嫌な予感がしていた。謝罪する態度には全く見えなかったからだ。

そして、案の定、愚兄の口から飛び出たのは謝罪ではなかった。いや、むしろそれ以上に悪い内容としか言いようがなかった。

『さて、僕がここに来たのはシャルニカ。君にもう一度チャンスを与えようと思ってだ』

『チャンス、ですか？』

『全く察しが悪い女だ。聞いたぞ、僕にフラれた腹いせにミルキアの生家であるアッパハト子爵家に途方もない賠償金を要求しているようじゃないか？』

『は、はぁ』

『そこでだ。お前をもう一度僕の正妃として迎えてやる。あの場では婚約破棄を宣言したが、撤回してやろうと言うんだ。だが、その代わり、ミルキアへの損害賠償については謝罪しろ。見ろ、お前のせいで彼女は随分傷ついてしまったんだぞ？』

『そうよ！　あんたのせいで私はお父様やお母様からの信頼を失った！　損害賠償のお金をつくるためにお気に入りのドレスや宝石、それによく分からないけど鉱山や河川の権利なんかも売らなくちゃならなくなったって！　それも全部私のせいだって怒られたのよ‼』

『というわけだ。お前のせいで彼女は傷ついた。謝罪して、賠償金を撤回してくれ。その代わり、お前のような女だが仕方ない、僕の妃にしてやろう。だが、条件がある。メロイ侯爵令嬢やミルキア子爵令嬢は第一側妃、第二側妃とする。やれやれ、これで一件落着。貴様らエーメイリオス侯爵家としても王家とのつながりを持てる。悪くない取引だろう？』

シャルニカ嬢は首をひねり、そして生返事を返されていたが、俺は気が気ではなかった。シャルニカ嬢が優しい人だから許してくれているだけで、もはや王家としてエーメイリオス侯爵家に戦争でも仕掛けるつもりなのかというほどの挑発的な内容だったからだ。もはや愚兄を少しでも信じた己を張り倒したいと思うと共に、すぐに部屋に乱入して愚兄の余りに無礼な口を永久に閉ざしてやろうかと本気で考えた。

愚兄、そしてミルキア子爵令嬢の発言に謝罪は全く込められていなかった。

それどころか、上から目線で責任転嫁をシャルニカ嬢に対して行うという有様だった。自分が浮気をし、卒業式という数々の貴族の子弟子女のいる衆人環視の中で婚約破棄という最大級の恥辱を味わわせた女性を前に、奴《愚兄》は全く反省せず、あろうことか婚約者に戻ることをチャンスをやることとして上から目線で提案するとともに、その上、浮気相手たちを第一側妃、第二側妃にすること、損害賠償請求を撤回してミルキア子爵令嬢へ謝罪することを合わせて要求したのである。

ミルキア子爵令嬢もその尻馬に乗り、損害賠償請求のせいで子爵家の財政が破綻しそうなことをシャルニカ嬢の責任であると罵倒した。

責任転嫁もはなはだしい！

この最初の時点で、この会談の無意味さが露呈し、同時にマーク兄さんの人間性が王太子として相応しくないことが証明された。だから、俺はこの時部屋に入って会談の中止と、廃嫡の勅命を伝えようとしたのである。何より、こんな理不尽を王家の長兄がエーメイリオス侯爵家の大切な一人娘にしているなど、悪夢でしかなかった。

王家は今、シャルニカ・エーメイリオス侯爵令嬢が父君をなだめてくれるという奇跡のような温情によって救われているのだから。

だが。

俺はこの時もまだ、このシャルニカ嬢をただ心優しい女性だとしか見ていなかったのかもしれない。心根の美しさの裏に隠れた、その芯の強さ。すなわち未来の王妃としての器を垣間見ることになったのだ。

『えっと、まず殿下、色々申し上げたいことはありますが、最初にはっきりと訂正しておきたいことがございます。卒業式でも申し上げたのに、覚えていらっしゃらないようですので』

『私は殿下を全くお慕いしておりません。で、ですので、可能であれば殿下とは未来永劫、赤の他人同士としての関係を続けたいと思っております』

俺は驚くとともに、そのあまりにも痛快な返答に、間抜けな顔を晒す兄への笑いをかみ殺すのに苦労した。全く、俺が笑うなどいつぶりだろうか？

彼女の論理は全く一点のよどみもなかった。

愚兄マークは自分のことをまだシャルニカ嬢が愛しているという前提のもと、婚約者として戻って来ても良いと提案し、そのための条件として今の浮気相手を側妃とすることや、損害賠償請求の撤回を突き付けた。

ハッキリ言えば大馬鹿者だと思う。

公衆の面前、数々の貴族の子弟子女のいる晴れ舞台で、婚約破棄と浮気の正当化などという真似をしておいて、自分をまだ好きでいてくれているという勘違いぶりは、余りに噴飯ものだ。

そして、シャルニカ嬢の愛情があることを前提に婚約破棄の撤回を要求した以上、そんな愛情がないともなれば、それだけで愚兄のお花畑のような論理は破綻し、計画は頓挫《とんざ》するのだ。

なんという交渉の下手さだろう。こんな男が外交や、百戦錬磨《ひゃくせんれんま》の貴族たちとのやり取りをこなせるわけがなかった。王太子身分の剥奪が妥当であるという確信をますます深めざるを得なかった。

だが、勘違い男はどこまで行っても勘違い男だ。ますます醜態を晒していく。

『強がりはよせ。僕の甘いマスクに財力、そして将来の国王としての地位。そんな最高の僕のことを好きじゃない女がいるものか。お前だってそんな僕に惹かれて婚約者になったのだろう！』

『あの、私が婚約者になったのは王国と愛すべきエーメイリオス侯爵領の領民たちのためです。相手は誰であろうと構いませんでした』

『なあっ⁉』

『その、殿下。私は、そんな上辺や肩書きよりも、日々努力をしている方や、この国を愛する方のことを好ましく思います。私のエーメイリオス侯爵領は海運の土地です。一方で農業には向かないやせた土地でした。なので、決して思い通りにならない海を相手に日々領民の方々が命がけで漁を行うしかありませんし、他国との貿易が生命線です。肌の焼けるような日照りの日も、真冬の鼻水が凍るような日も関係なくです。そうした血のにじむような領民の皆さんの努力の結果として、今のエーメイリオス侯爵領の発展はあります。そして、そんな私にとって、殿下のおっしゃったこと全ては何の魅力ももっていません。その、む、無価値なんです』

ダメだ。本気で笑ってしまいそうだ。まったく何て面白い女性なのだろう。

愚兄が代えの利く存在であるという至極当然のことを伝えるとともに、上っ面自体には興味がないと言い切った。彼女にとって大事なのは領民と国民の安寧であり、そのための努力こそが価値を持つということなのだ。なるほど、これは役者が違う。ただのチンピラと国母を並べているようなものだ。

実際、今のように事実を言われて、躍りかかろうとする愚兄は、

『か、顔色が優れないようですね。扉の外の兵士に薬でも持たせましょうか？』

と言って牽制されていた。やはりチンピラだな。

しかし、チンピラは話の揚げ足取りだけは得意のようで、ミルキア子爵令嬢は旺盛にシャルニカ嬢へ食ってかかって行った。勝ち目などないのだから、おとなしく帰れば良いものを。

『殿下のことを愛してないって言うんだったら、あなただって殿下のことを弄んだようなものじゃない！　なら、私が横取りしたことにはならないわ！　だから婚約破棄も無効よ！　さあ、アッパハト子爵家への損害賠償を撤回なさい!!』

『わ、私と殿下の結婚は政略結婚です。貴族ならば当然のことですよね？　そのおかげで食べ

物や着るものに不自由のない暮らしをしているのですから。それが嫌なら爵位を捨てるべきです。しかし、そうでないなら貴族の責任を果たすべきです。貴族の責務に政略結婚は最重要事項として含まれています』

『それなら、僕との婚約を復活させることが、お前の義務だろうが！　ははは！　墓穴を掘ったな、シャルニカ!!』

『そうよ！　ほら、私の領地への損害賠償もこれで無効だわ!!』

『その、全然話の趣旨をご理解されていないようなので、僭越ながら申し上げますが、今の一連の話は、私が殿下のことをお慕いしているという誤解をされていたのと、なぜか殿下がそれを根拠に復縁を正当化されていたので、まずはその誤解を解かせていただいただけです』

その通りだ。愚兄の無茶苦茶な論理に、わざわざシャルニカ嬢がつきあってくれただけだ。そんなことすらも分からない愚兄はもう駄目だなと心底失望する。

『ですが、はい、おっしゃる通り我が領地にとって政略結婚による王家とのつながりが必要かどうか。この一点については重要な点だと思いますのでお伝えいたします』

『は、ははは。ほら、やっぱりな！　僕が必要なんだろう！　だがな！　まずは謝罪しろ！　今更、僕の妃になりたいと言っても無駄かもしれんぞう？　何せ、僕は今、完全に気分を害して……』

『け、結論としましては、我がエーメイリオス侯爵領は第一王子との婚約破棄の撤回に同意しません！　これは現当主の意思も確認した上でのことです！』

『なにぃ⁉』

『したがって、アッパハト子爵家への損害賠償請求も撤回しません。また、一方的かつ理不尽な形で婚約破棄をした第一王子マーク・デルクンド殿下は、以降、我がエーメイリオス侯爵領への立ち入りを禁止します‼』

『き、貴様ああああああ‼』

『で、殿下‼　この女を殺してください‼　でないと子爵領が‼』

やれやれ、やっと出番のようだな。

俺は素早く扉を開けて、

『久しぶりだな、マーク兄さん』

そう言って、暴れ出そうとするチンピラを威圧したのだった。

『リック！　どうしてお前がここにいるんだ⁉』

俺はその質問に事実だけを告げた。残念ながら、この男の底は知れていて、これ以上会話を続ける意味は皆無だと判断していたからだ。

『俺の婚約者に会いに来ただけだ。兄さん。何もおかしくはないだろう？』

『……は？　お前の婚約者？　い、いやいやいや！　おかしいだろう！　そいつは僕の婚約者だ！』

『い、いいえ、婚約破棄されましたが』

全くだ。こいつは自分のしたことすら記憶にない大馬鹿者なのか？

……まぁそうなのだろうな。

『エーメイリオス侯爵家ご当主オズワルド・エーメイリオス侯爵から正式に王家に打診を頂いた。第一王子マーク・デルクンドに代わり、この俺リック・デルクンドがシャルニカ侯爵令嬢の新しい婚約者になるように、と』

『そ、そんなことを父上が許すはずがっ……！』

『はぁ。何を言っているんだ』

『な、なんだその口のききかたは。弟の分際で⁉』

チンピラにすごまれてもな。それに俺はそれなりに鍛えている。こんな素晴らしい婚約者をほったらかして、浮気を繰り返すようなお前とは違う。

『俺の独断で婚約など出来るはずがないだろう？　俺とシャルニカ嬢との婚約は、当然、国王陛下も了解してのことだ』

『そ、そんな！　そのようなこと僕は一言も聞いてないぞ‼』

『それはそうだろうな』

『は？』

『マーク・デルクンド第一王子。あなたを王位継承権第一から除外し王太子の身分を剥奪する。この俺、リック・デルクンド第二王子があなたの王位継承権一位、並びに王太子の身分を引き継ぐ。これは王からの勅命である』

俺はそう言って、玉璽の押された書面をはっきりと机の上に広げた。やれやれ、本当はこんなところで使いたくはなかったのだが。エーメイリオス侯爵家には今後頭が上がらんな。

『な、なんだとおおおおおおおおお⁉ ぼ、僕が何をしたって言うんだ⁉ 廃太子だなんて、こんなのあんまりだ⁉ そ、そうかお前の陰謀だな⁉ シャルニカ‼ お前が裏でコソコソと陰謀を操り、王家をのっとるつもりなんだ‼ そうに違いない‼ うおおおおおおおおおおおおおお！！！』

『無礼者が‼』

『ぎ、ぎゃっ！！！』

俺は廃嫡されたマークの頬を殴り、唖然としたところを瞬時に押さえ込むと、手を後ろに回して拘束した。まったく、とんでもない弱さだな。どうしても軽蔑の気持ちが湧き出してしまう。

『俺の婚約者であり、かつ将来王妃となられる方に狼藉を働いた罪、国王に報告させてもらうぞ。兄さん、覚えておくべきだ。あなたはもう王家にとって不要な存在。廃嫡され、王位継承権からも漏れた以上、面倒で厄介な存在なんだ。おとなしく……そうだな。辺境の小さな領地を与えるから、そこで静かに余生を過ごしてくれないか？』

本当ならばもっと良い土地を与えるつもりだった。だが、今日の言動を見てそれではいけないという気持ちに変わった。こいつに必要なのは更生ではなく贖罪《しょくざい》の機会だろう。厳しい土地で暮らし、その性根を叩きなおす必要がある。

『う、嘘だ！　僕は将来の王なのに！　王太子のはずだ！　冤罪だ！　これは何かの陰謀だ‼』

はぁ、と俺はため息を吐く。未だ、事実すらも認められず、状況を全く理解しようとしない愚兄に呆れかえったのだ。これ以上、シャルニカ嬢にご迷惑をかけるべきではない。もう十分かけてしまったが、謝罪は後ほどしっかりと行おう。それより、今はまず早々にこの愚兄とミルキア子爵令嬢をこの場から引きずり出し、辺境に送る準備をしようと決意する。

だが。

『あ、あの。ご、ご説明しましょうか？』

シャルニカ嬢はどこまでいっても賢く優しい女性だった。道理をわきまえぬ浮気をした元婚約者にして元王太子へ、説明の機会を設けてくれるというのだから。

しかし、

『これはお前がたくらんだ陰謀ということか！　シャルニカ・エーメイリオス侯爵令嬢！　貴様！　絶対に許さんぞ！　王都に帰ったら貴様のしでかした罪を暴き、この領土を没収し、一族郎党斬首してくれるわ!!』

『あ、あの。大丈夫ですか？　後半部分は王太子の婚約者への殺害予告でしたが……。もう王太子ではないのですから、ご発言には気を付けられた方がいいかと思いますが』

『なあっ!?』

愚兄は目を剥いて意外な反論をされたといった様子だったが、本当にそうである。もはや王太子でもなく、現時点、ただの辺境の領主に封ぜられる予定の愚兄は、ある意味アッパハト子爵家にも劣る領主に成り下がっている。その人間が将来の王妃に殺害予告めいた発言をしているのだ。そしてシャルニカ嬢は、そんな発言をしたら自分の首を絞めることになるので気を付けた方がいいですよ、とやんわりと間接的に愚兄を窘めてくれているのである。本当に優しい女性である。

だが、この愚兄に通じているかははなはだ疑問ではある。なので、俺が代わって謝罪と全責任をとることを伝える。

『シャルニカ嬢は気にすることはない。王家の恥部は王家で処理する。むしろ、王家のことを気にかけてもらい申し訳ない』

俺は心からお詫びする。これくらいで許してくれる訳がないと思いながら。

『あ、い、いえ。妃候補ですので当然のことです』

しかし、彼女は気分を悪くした様子もなく、あくまで穏便に済まそうとしてくれる。そして、それどころか、謝罪した俺に対して、なぜか目じりを下げて可愛らしく微笑んでくれる。

ドキリ、と俺の心臓がなぜか早鐘《はやがね》を打つ。

どうしたことだろう？　女性に対してこんな感情を持つことは初めてだ。だが、今は何とか冷静さを保ちながら口を開くよう努める。

『それより説明してやってくれ、この愚兄に』

意識する余り、少しつっけんどんな言い方になってしまった。嫌われてしまわないだろうか。そんな後悔が襲うが、彼女は全く気にしていないようだった。全く俺はどうしたというのだろうか？

◆愚兄から王太子の身分を剥奪し辺境へ追放とする！

【Ｓｉｄｅ第二王子リック・デルクンド③】

さて、シャルニカ嬢から愚兄並びにミルキア子爵令嬢へ、丁寧な説明がなされた。

まず、第一に、一方的な愚兄の【浮気】によって卒業式という貴族の子弟・子女が集まる公衆の面前で【婚約破棄】がシャルニカ嬢に対して行われたことにより、もはやマーク第一王子の婚約者に復帰したとしても、以前のように、北部貴族と南部貴族は納得しないこと。簡潔に言えば北部貴族の影響力が強まり過ぎて、南部貴族の離反が想定され、最悪内乱が起こること。

次に、その内乱に乗じて隣国が戦争を仕掛けてくる可能性が高いこと。

最後に、愚兄が何ら実績も持たず根回しもない子爵令嬢と結婚するとなれば中小貴族たちの誰もが王室との婚姻を狙って暗躍しだすために国内貴族の統制が不可能になることを説明した。

非常に分かりやすい丁寧な内容で、シャルニカ嬢の聡明さが際立つ一方で、一から十まで説明されても自分たちのしでかしたことの重大さへの不理解と、自己弁護に終始する愚兄と浮気相手のミルキア子爵令嬢には呆れて物が言えない。

王家の恥であり、貴族の恥と言えよう。

ゆえに俺は、彼の処遇を決断し、申し渡した。これはもちろん、国王陛下より執行の代理権を委任していただいた上で行うものだ。

『損害賠償は要求された額を払うことを改めて申し渡す！　更に、恋愛がしたいというのなら、廃嫡したマーク廃太子と結婚するが良い。【辺境ラスピトス】に領地を用意するゆえ、そこで夫婦となり、仲良く暮らすといい』

ミルキア子爵令嬢は最後まで【自由恋愛をしたい】と言っていた。貴族の義務も果たさずに自由だけ欲するのならばよかろう。ただの辺境の一領主とその妻という関係のうえで自由にしてくれればよい。それが各貴族が納得する形の、王家として出来る最大限の譲歩だ。

しかし、

『い、嫌だ！　どうして僕があんな辺境に行かないといけないんだ!!　あそこは土地も痩せて、しかも極寒の土地じゃないか!!　嫌だ！　嫌だ！　頼む！　助けてくれ！　僕は王太子だ！将来の国王になる男なんだ！』

『わ、私も王太子でないマーク殿下との結婚などしたくありません！　お願いです！　子爵家へ帰してください！　王妃になれないうえに、そんな貧乏な生活をマーク殿下とするなんて耐えられません!!』

『あ、あの、自由な恋愛をされたいんじゃなかったんですか？』

『そんなの、王妃になって贅沢三昧出来るから近づいたに決まってるでしょうが!!』

『そ、そうなんですか。す、すみません』

あれほど、愚兄のことが好きだから【浮気】も【婚約破棄】も正当化されると主張していたはずの女が、いきなり王太子でないなら好きではないなどと言い出したのだから、困惑するのも仕方ないだろう。

俺ももうこれ以上、この愚かな男と女たちに関わるのにうんざりしたので、最後の止めを刺す言葉を告げる。

『これは国王陛下からの勅命を代理として申しつけるものである。なお、既に子爵家にも了解はとっている。取り潰しをまぬがれるなら、娘一人が嫁ぐぐらい大したことないと言ったそうだ』

『い、いやああああああああああ!!　い、嫌よ！　嫌ああああああああああ!!　くそ！　こんな馬鹿王子のせいで私の人生台無しよおおお!!』

『な、何だと貴様！　僕が誰か分かっているのか!!』

『ただの辺境の弱小貴族じゃない！　どうして私がそんな身分の低い男に嫁がないといけないのよ！　嫌よ！　最低！』

『き、貴様ああああああ！！！』

頭を抱えて子供のように地団駄を踏む元王太子と、激情に駆られてハンカチを噛みちぎらんばかりにして泣き叫ぶ元子爵令嬢。これが王族と貴族とはな、と呆れるしかない。

醜い言い争いが続く。ある意味お似合いだが、これ以上見ていても全くの無意味だな。

俺は目の前の醜態を意識の外に追い出す。

だが、まぁ、ともかくこれで婚約破棄の一件はいちおうの決着だ。

元王太子マークは、その身分を正式に剥奪し、一代男爵を封爵し辺境の土地へと追放とする。

この愚かなマーク男爵と、ミルキア子爵令嬢もとい、男爵夫人を、暴れたり逃げ出したりしないよう捕縛して、辺境ラスピトスへと移送する作業があるが【罪人の移送】だと思えば慣れたものだ。

あと、それと。

俺の心臓はまた早鐘を打った。

どうにもまっすぐにシャルニカ嬢のことを見れなかった。

だがその気持ちが何なのか、鈍感な俺もさすがに気づいていた。

今から思えば、初めて会った時から、とても気になる女性だったように思う。

立場が邪魔をして、深く考えないようにしていただけだったのだ。

今日の彼女の優しさや、領民たちに向ける視線の温かさ、若干口下手なので隠されているが視野のとても広い聡明さ。少しあがり性なのか、口ごもるところもあるが、そこもギャップがあってとても可愛いらしい……。くりくりと大きな愛嬌のある瞳は見ているだけで頬を緩ませるし、素朴で、派手なドレスや装飾で自分を着飾ることもなく、ただ質の良いドレスを着こなす姿もとても素敵だ。

……やれやれ、これは駄目だな。

考え始めると彼女のことばかりが頭を占めてしまうようだ。

愚兄には一つ感謝しないといけない。

奴は王太子として失格で、浮気や婚約破棄など最悪なことをしでかした。それは許しがたいことだ。

だが、そのおかげで俺はシャルニカ嬢の婚約者になれた。

こんな考えは不謹慎だということは一番理解しているつもりだが、この一点に関してはこう言わざるを得ない。

『マーク男爵、こんな素敵な婚約者を譲ってくれてありがとう。その愚かさは弁護しようもないが』と。

ゲーム開始【4】時間目.

3度目のざまぁの準備を開始する！

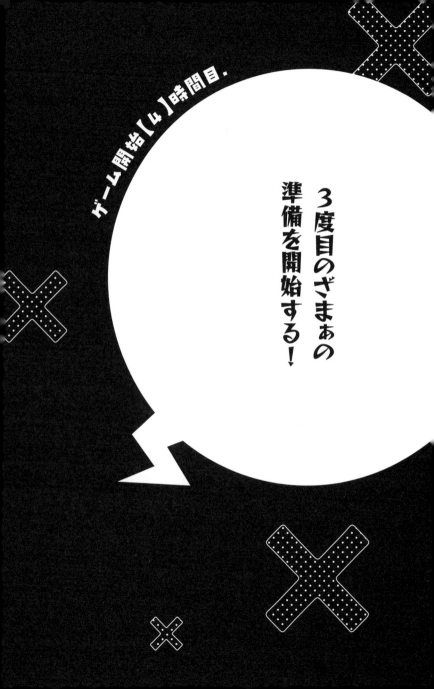

【Side鈴木まほよ】

さて、私の目の前には乙女ゲー『ティンクル★ストロベリー　真実の愛の行方』のゲーム画面が映し出されている。

卒業式という晴れ舞台を、衆人環視の中で【浮気相手】ミルキア子爵令嬢と婚約するからと、一方的な【婚約破棄】を告げた馬鹿王子マークは、自業自得としか言いようのない有様で、王太子の身分を剥奪された。そして、【罪人】同様にロープで拘束された状態で、辺境ラスピトスへとミルキアと共に移送されたのであった。

私を一方的な浮気で婚約破棄した屑男とマークは、身勝手で自分に都合の良いことしか耳に入らず、一方で相手の気持ちなど碌《ろく》に考えない、という点で本当によく似ている。

マークの行動は一歩間違えれば内乱を誘発し、隣国へイムド王国などからの侵略の危険もあったことを思えば、王太子に相応しくないことは明白であり、かつ罪人同様どころか【罪人そのもの】である。極刑に処されないだけマシだろう。

しかも、結婚したがっていた浮気相手のミルキア元子爵令嬢、現男爵夫人とも一緒になれたのだから、その温情にひたすら頭を下げるべき場面だ。

そして、辺境ラスピトスは極寒で貧しい土地とはいえ、デルクンド王国をあれだけの混乱と

窮地に陥れておいて、まがりなりにも、一代男爵という貴族としての身分にとどまることを許されたのであるから、おとなしく慎ましく暮らすべきであると。

【普通はそう考えるだろう】

しかし、このゲームの攻略本を読み込んでいる私は、あの馬鹿王子とミルキア男爵夫人が、残念ながら人としての倫理観が欠如した行動をとることをあらかじめ把握していた。

ちなみに、ミルキア男爵夫人は、ゲーム本編には出てこないキャラクターであるが、実は第二王子リック殿下ルートでは、第一王子マークに付き従うモブキャラの描写がある。これが多分ミルキアなのではないかと思うのだ。

そんなわけで私は、辺境ラスピトス送りにしたことでホッと胸をなでおろしているシャルニカに、

「油断してはだめよ、シャルニカ?」

と警告を発することにしたのであった。

『えっ?　どうしてでしょうか?』

シャルニカが疑問を持つのも当然だ。まず、今言った通り、あの【浮気】と一方的な【婚約破棄】によって自滅した馬鹿王子マークの今の状況というのは、温情ある処置なのである。

王太子という身分の剥奪は、浮気に婚約破棄と、王族の責任を果たさず国を危機に陥れたことから当然の結果であり、これはなぜか婚約破棄されたシャルニカが懇切丁寧に説明した。また本来なら極刑という選択肢も当然あった。またミルキアの処遇も本来は家の取り潰しか極刑のはずであったが、これもマーク元王太子の妻として辺境送りとして助命され、家の取り潰しもまぬがれた。まぁ損害賠償の支払いは大変だろうがそれは今までかかった費用や迷惑料を考えれば当然のことだ。

ゆえに、シャルニカが私の言葉に疑問を持つことは当然だった。全てが丸く収まっているように考えるのが自然だからだ。

しかし、第二王子ルートでこそ、第一王子マークはその【屑男】ぶりを遺憾なく発揮するのである!!

例えば、側近を使いヒロインのシャルニカを誘拐させ、人質とした上で、第二王子リックに王太子の身分を返上するように迫ったり、あるいは、第二王子を暗殺しようと刺客を送り込み、暗殺成功の暁には自分が王太子へ返り咲くという計画を立て実行しようとする。これらはそれまでのフラグ構築の具合や第二王子との好感度、第二王子の武力値などによって計画が頓挫したり、あるいは成功するのだが、大事なのはこれら誘拐・暗殺イベントが、馬鹿王子がどの場所にいても起こるということだろう。

ゲームでは、馬鹿王子が廃嫡され辺境に移送されるケースもあれば、王都において第二王子とシャルニカの仲を邪魔してくるケースもあるからだ。

ゆえに、辺境送りになったとは言え、ゲームの強制力や馬鹿王子の馬鹿ぶり、ミルキア男爵夫人の自己中心的性格、執念深さなどを踏まえれば、必ず何かを企てるはずなのである。

いっそ処刑にしてしまえばと思うのだが、【現時点】でそれは難しいことは、攻略本の情報から分かっていた。だから、シャルニカにも、馬鹿王子たちを処刑するように助言はしなかったのだ。今は、まだ。

さて、そんなわけで、私は女神として淡々と【託宣】という形で、シャルニカに助言する。

彼女が疑問に思っていることも、今言ったように既に予想出来ているので、そのあたりを中心に説明した。もちろん、攻略本だとか、第二王子ルートだとかは言っても意味不明なので言わないけど。

『そ、そんな陰謀を企てるのですか？　国王陛下の寛大なご処置に感謝の欠片もなく？』

思った通りの反応をありがとう。

「でも。残念ながらね。シャルニカ」

私はため息をつきながら言った。

「先手を打って、陰謀を潰さないと大変なことになるわ。そして、気乗りはしないかもしれないけど、もう一度あの馬鹿王子……いえ、今はただの馬鹿男爵か。あの馬鹿が陰謀を企てたという証拠を見つけて重罪人として断罪するわよ！」

『は、はい！　女神様!!』

こうしてまたしても連日に亘り、私たちはマーク元王太子の陰謀を阻止し、重罪人として【断罪】するための対策に動き出したのである。

◆浮気をさせたシャルニカが悪い。復讐する権利が僕にはある！

【Ｓｉｄｅマーク男爵】


「どうしてこんな目に、この高貴な僕が遭わねばならない!!」

僕ことマーク・デルクンドは、辺境ラスピトスへ罪人のような形で、【不当】に移送された。これは許されざることだ！

「間違いなくこれは弟のリックとシャルニカが共謀した陰謀に違いない！」

僕はすぐにそのことに気づいた。

そもそも僕は一切の悪事に手を染めてはいなかった。

僕が他の女性と【浮気】をしたのは事実だとしても、それはシャルニカという、つまらない、派手さのかけらもない地味な恰好をしているあいつに原因があることは明らかだった。

そのせいで、僕はミルキア子爵令嬢やメロイ侯爵令嬢と【浮気】をするはめになったのである。

つまり、すべての責任はシャルニカにあるのだ。

そして、そうした原因をつくった当事者たるシャルニカへ【婚約破棄】を申し渡した僕に責任がないことも明白だろう。

だからこそ、シャルニカはあの衆人環視の場で【婚約破棄】という恥辱にまみれる義務があるし、それを受け入れる責任があった。

その当然の道理さえ奴が守っていれば、僕は今頃ミルキアやメロイと王都で幸せに暮らしていたはずだったのだ。

もちろん、父上や母上は少しばかり驚くかもしれない。特に父上は、よく北部貴族と南部貴族の政治的バランスを欠いたら内乱が起こり、ひいては隣国へイムド王国の侵略を招く恐れがあると言っていた。

僕はいちおう相手は国王陛下だということで反論もせず表面上は納得するふりをしていた。

だが内心は、全く下らない妄想だと、父上を鼻で笑っていた。

まず第一に、王室が最も高貴なる血筋であるのだから、他の貴族の顔色など窺う必要はない。その意味で将来の国王たる僕の幸せこそが無条件で認められるべきであり、この国の最重要事項なのだ。

次に、仮に北部貴族と南部貴族のバランスが崩れたとしても王室の持つ国軍や傭兵の派兵によって鎮圧すれば良いだけの話だ。王家に逆らった者たちの末路がどんなものか見せしめに一族郎党を処刑してやれば震えあがって二度と僕に盾突こうなどとは思うまい。

そして最後に、僕はしっかりとメロイ侯爵令嬢とも関係を持っていた。つまり、北部貴族とのつながりをちゃんと維持していたのだ。だから、もし南部貴族が反乱を起こしたとしても、北部貴族とともに気風の荒い野蛮な南部貴族どもを鎮圧すれば済むだけの話なのだ。

南部貴族など王国にとって魚介類を流通させたり、他国と交易をするための窓口でしかなく、大した価値はない。鉱物資源などを有する北部貴族に比べて劣等貴族どもであることは明らかだ。父上はエーメイリオス侯爵領がもたらす他国の情報がどうこうと言っていたが、他国の情報などが何の役に立つというのか理解不能だ。また、特に気に入らないのは、南部貴族どもの、あの海に近いせいか、性格の根底にあるどこか気風の荒々しいところだ。貴族らしいきらびやかさが足りず、素朴で、貴族らしくなくて嫌いだった。反乱が起こって北部貴族と共に鎮圧すれば南部貴族どもを根絶やしにでき、目障りな奴らが一掃されてちょうど良いではないか！

こうした完璧な論理の上で、僕はミルキアやメロイとお付き合いをし、卒業式という公式の場でもって【婚約破棄】を宣言したのである。

だから、シャルニカは当然、僕からの【婚約破棄】を受け入れるべきであったし、自分の女性としての至らなさを僕に【謝罪】した上で、自領も含めた南部貴族たちの不満を抑えるよう奔走する義務が生じるはずなのだ。そして、もし南部貴族の反乱が起これればそれはシャルニカの責任であり、僕には一切の責任がないのは明白であった。

「ところがだ！　奴はあの場で自分の至らなさを反省するどころか、僕の【浮気】を断罪した上に、一方的に有責だと決めつけやがった!!」

憤懣やるかたない!!

悪いのは【浮気をさせた】シャルニカであり、僕ではないというのに、奴は僕を一方的に加害者であり有責だと決めつけた！

秘密にしていたはずのメロイ侯爵令嬢との【浮気】を、あろうことか【衆人環視】の卒業式という公の場で暴露し、僕に恥をかかせたのだ！　その上、メロイ侯爵令嬢からは、ミルキアとの仲は認めないと言われたため、当初の目論見であるミルキアとの婚約宣言をすることも不可能になった。シャルニカのせいで！

その上、卒業式の会場で【浮気者】などという蔑称をつけられ最大級の恥辱を味わわされた僕は、一方的に非難された上に、浮気相手のミルキアの生家アッパハト子爵家への損害賠償請求まで肩代わりするよう、ミルキアに連日しつこく要求されるようになったのだ。

悪いのは全て僕に【浮気】をさせたシャルニカだというのに！　こんな仕打ちはあんまりだった！　なんという無法だろう！

僕はただ【婚約破棄】を卒業式という公の場でシャルニカに告げ、新しい婚約者と素晴らしき新しい門出を祝福してもらいたかっただけなのに！

それなのに、僕とミルキアは婚約宣言が出来ないどころか、【浮気者】の汚名を被り、その上【損害賠償請求の肩代わり】をミルキアからしつこく要求され、彼女との仲は【破局寸前】にまで悪化していったのである。

事態は思っていたのとは全く違う方向に走り出してしまったのだ。シャルニカのせいで！

それに、この事件以後、国王陛下はなぜか僕と謁見することをかたくなに拒否した。はぁ、まったく、たかだか南部貴族の娘と婚約破棄したくらいでへそを曲げるとは大人げない。視野の狭いことだ、とまた鼻で笑った。

一方の母上はといえば、

「おかげでメロイとの婚姻の道筋がつきました」

と一言だけ感謝の言葉を口にしたが、その目はどこか軽蔑した冷ややかなものだった。

少なくとも母上は北部貴族の利益を代表するハストロイ侯爵家の出身だ。なら、シャルニカとの婚約破棄のことをもっと僕に感謝しても良いはずだ。そして、実際そう言ってやった。

するとと母上は口元に張り付けたような微笑を浮かべながら、しかし、一層なぜか冷えた口調で、

「感謝、ですか？　ふ、ふふふ。私にこのような行動を取らせたことをあなたに感謝ですか？　ふふふ、そうですね、少なくとも一生忘れはしないでしょうね。ええ【許しません】よ。……はぁ、もしシャルニカさんが許してくれて、オズワルド侯爵をご説得してくだされば……。いえ、ありえませんね……。私なら絶対に許したりしない……公衆の面前で婚約破棄なんてされたりすれば、その場でその恥辱を雪《そそ》ぐ行動に出るかもしれませんね……」

そう何か意味の分からない独り言をブツブツ言ったかと思うと、後は一切口もきかず、北部貴族らとの会合があると言い残して去って行った。そして、やはり母上も以降、僕がいくら謁見を求めても返事すら寄越さないようになったのである。

どういうことなんだ。僕は将来の国王なんだぞ！

そうこうしている間にも、ミルキアからはエーメイリオス侯爵家からの損害賠償請求額を代わって支払うように毎日のように督促される。父上や母上に謁見を求めても、手紙を書いても、全くなしのつぶてである。

そこで僕は名案を思いついた。

今回の損害賠償請求や、僕が浮気者だという風評被害は全てシャルニカに【責任】がある。その責任をシャルニカに取らせることを思いついたのだ。やはり僕の政治的センスはずば抜けているなと感じた。

シャルニカがあの場で僕の婚約破棄を受け入れつつも、僕の浮気を暴露するような形で僕に恥辱を与えたのは、間違いなく、ミルキアやメロイへの嫉妬だろう。また、損害賠償請求は嫉妬のアピールに違いあるまい。

やれやれ、仕方あるまい。

あんなつまらない女を再び婚約者にし、将来の王妃にするのは気乗りしないが、僕の甘いマスクや将来の王としての完璧さが彼女をああした行動に及ばせたのならば、僕の魅力こそが罪だとも言える。

シャルニカを婚約者に復帰させてやるとしよう。その代わり、まずミルキアへ【嫉妬】して損害賠償請求などまでして嫌がらせをしたことを謝罪させる。そして、僕の婚約者に戻してやる見返りの条件として、第一側妃、第二側妃としてメロイやミルキアを娶ることを認めさせるとしよう。

本当はきらびやかなミルキアを正妃とする方が見栄えが良いのだがまぁ、表向きはあの田舎者のシャルニカをお飾りの正妃としておこう。その代わり、日々愛するのはメロイやミルキアとするのだ。

そうすれば僕の【浮気者】などという悪評も拭えるし、【損害賠償】も撤回される。愚かな父も僕の見識を高く評価し早々に僕に国王の位を譲位することを検討するだろう。

そうミルキアに説明すると、彼女はやっと損害賠償が撤回されると喜んだのか、早く行きましょうと目の色を変えていった。そして、シャルニカのせいで生家より責められた恨みを謝罪させて晴らしたいと言った。最近の何十歳も老け込んだような美しさを損なったミルキアは正直鬱陶しいだけだったので、損害賠償の撤回とシャルニカからの謝罪によって、昔の美貌を回復してくれることを心から期待したのだった。

しかし、何ということだろう。

意味が分からないことが起こった。

まずシャルニカは、僕のことなど好きではないと、ありえないことを言ったのである。ゆえに、僕の婚約者に戻るつもりはサラサラないと。

これはきっとまだ【嫉妬】の怒りがおさまっておらず、無理をしているのだと思って、何度も復縁のチャンスを申し出てやった。この僕からだ。断られるはずのない申し出だ。

だが、なんと彼女はそんな僕の譲歩すらも無下にして断った！

しかも、僕へ恋慕しているという認識を誤解だと侮辱したのである！

ありえない！　そんな馬鹿な！　シャルニカは僕に惚れているはずだ！　すべての女が僕に骨抜きにされないはずがない!!

だが、奴はそう告げた後、損害賠償は撤回しないし、しかもその上、僕には今後エーメイリオス侯爵領への立ち入りを禁止するとまで宣言してきた！

こんな侮辱には耐えられない。僕はこの世界で一番偉いし、シャルニカごとき女が僕に惚れていない事実も認める訳にはいかない。

もはや殺すしかない。ミルキアも『この女を殺してください』と叫んだ。

だが、忌々しいことに、それこそがシャルニカと〝奴〟の【陰謀】だったのだ。

そう、第二王子。僕の弟で、貴族のきらびやかさもなく、剣の腕しか取り柄のない、シャルニカと同様につまらない愚弟、リック・デルクンドである！

奴はあろうことか王太子たる僕を拘束するという大不敬罪を働いた！

王都に戻ったら絶対に死刑にしてやろうと決意する。将来の国王に大不敬を働いたのだから当然の報いだ。無論、その時はミルキアに嫉妬して僕に迷惑をかけ、そして会談の場では僕に惚れていないと嘘までついて王太子たる僕を侮辱した罪で、シャルニカもあわせて処刑することを決意したのである。

だが、奴らは既に国王陛下までをも巻き込んだ【陰謀】を巡らせ共謀していたのである！

なんと、高貴で完璧な僕を【廃嫡】し、【王太子の身分を剥奪】するという勅命を国王陛下から賜って来ていたのだ！

その上、なんとこの貴族のキの字も理解していないであろう、無骨で汗くさい、剣にしか興味のない変人の愚弟リックが、王位継承権第一位に繰り上がり、王太子の身分に就くという。

明らかに【陰謀】だった。

父上が僕との謁見をかたくなに拒んでいたのは、この二人に籠絡《ろうらく》させられ【傀儡《くぐつ》】として操られていたからに違いなかった。薬物か？　何か他の【脅迫】か何かか？　でなければ、僕を廃嫡するなどという馬鹿げた勅命を出す訳がなかった。

そして、もう一つ明らかになったのは、シャルニカの【権力】への悍ましいほどの執着心だ。奴は僕に捨てられるや否や、王妃になれないことに危機感を覚えたのだ。だから、第二王子と共謀し、僕の廃嫡を画策したのだろう。そして、どういう手段かは不明だが国王を操り、僕を廃嫡し、やはり権力欲に取りつかれていた第二王子リックが王太子の身分を僕から奪い去り、権力をその手中に収めようとしたのである！

なんという屑どもだ！

権力に目のくらんだ塵《ゴミ》どもめが！

口では王妃になることに執着していないなどと言っていたが、嘘に決まっている。

その後も、シャルニカは勝利を確信したのだろう、丁寧な、しかし勝ち誇ったような、忌々しくも冷静な口調で、それらしい僕の廃嫡とリックの王太子の地位に就くべき屁理屈を説明して来たが、結局は自分が僕に捨てられた腹いせであり、再び妃候補になるための方便にしかすぎないものであり、聞くに堪えなかった。

僕の婚約者に戻っても北部貴族と南部貴族のバランスは戻らないであるとか、ミルキアとの婚姻を認めれば貴族たちの納得が得られないから内乱になるといった説明だ。リックからも、南部貴族の離反の恐れがあり、隣国に攻め込まれる可能性もある。そうしたことに父上が苦悩しているといった話があった。

やはりどうでも良いことばかりだった。

貴族が反乱を起こすならば国軍で鎮圧し、一族郎党斬首だ！

南部貴族が離反するなら北部貴族と共に根絶やしにしてやればいい！

あの南部貴族どもの荒々しい気風が奇麗さっぱりなくなるしちょうど良いではないか！

内乱に乗じた隣国からの侵攻の可能性や、南部貴族の諸外国との窓口や情報入手経路としての重要性なども説明されたが、逆にうち滅ぼしてやればいいのだ！　国民や貴族どもが王室を守るための盾になるのは当然のことではないか！　僕が最も高貴であり貴ばれる存在なのだから！

だというのに、そうした理屈にもなっていない理屈で、本当に僕は無実の罪で廃嫡され、一代男爵などという屑爵位を封ぜられた上にこの辺境ラスピトス送りとされた。しかも、最近は辺境送りにされ生家からも見放されたストレスからか、ミルキアは暴食を繰り返して太って一層醜くなり、その上僕が王太子の身分を剥奪されたからと、僕をあれほど愛していたはずの彼女は一切口をきいてくれず、なけなしの金を商人を呼び寄せ宝石やドレスに使い込む始末だった。

「くそ！　どうしてこんなことになった！」

ガシャン!!

僕は部屋のテーブルを蹴り倒す。

いや、問うまでもない。

最初から答えは決まっている。

そもそも僕に【浮気をさせた】のはシャルニカであるのだから、奴に責任がある。

奴には必ず復讐しなければ気が済まない。

それが当然の報いだ。

そう僕が確信していた時である。

「マーク男爵様。お客様がお見えです」

執事の声が扉の外から響いてきたのだった。

「誰だ！　僕は今、忙しい!!」

そう怒鳴りつけると、執事は怯みつつも、

「隣国ヘイムド王国の方々と名乗っておられます」

そう言って、再び面会の可否を僕に問うたのだった。

僕はなぜヘイムド人がこんな辺境に用があるのかと訝しむとともに、何か僕にとって大きなチャンスが転がり込んで来たような、淡い予感のようなものが胸を去来したのだった。

◆軽蔑すべき者たちは我ら隣国の手下に成り下がる

【Ｓｉｄｅヘイムド王国使節団リーダー：デモン・サルイン侯爵】


「お会いできて光栄でございます、マーク・デルクンド王太子殿下」

「ああ、いや、僕はもう男爵で」

「大丈夫です。事情は承知しております。マーク王太子殿下が第二王子やシャルニカ侯爵令嬢の陰謀によって辺境に追いやられたことは。私どもはそんな殿下の苦境を知り、正義の名の下に馳せ参じた者でございます！　ですのでここは王太子殿下と畏敬の念を込めて呼ばせていただきたい」

その言葉に目の前のマーク男爵は分かりやすく機嫌を良くした。思った通り扱いやすい男のようだ。

「なんと！　そうだったのか！　だが、どうして僕の元へわざわざ？」

「第二王子のような乱暴者がデルクンド王国を統べるとなれば国は荒れ放題となり、友好国である我がヘイムド王国にも悪影響が出ましょう。デルクンド王国を統治する正当な後継者は高潔なる第一王子たるあなたと、美しき令嬢ミルキア夫人しかいらっしゃいません」

「なるほど、そういうことか！　ミルキア、聞いたか⁉」

「ええ！　あの愚か者どもにとうとう正義の鉄槌《てっつい》が下されるのね！　いい気味だわ‼」

私の前には、マーク・デルクンド男爵がふんぞりかえって座っている。そして、その隣にはその妻である醜く太り、ギラギラとした宝石とけばけばしい化粧を施した女がいた。

私は心からこの二人に軽蔑のまなざしを向けた。もちろん、表面上はビジネススマイルを浮かべることを怠ったりはしない。

私は名をデモン・サルイン侯爵という。

デルクンド王国の北東に位置する、同程度の面積を持つ王政国家ヘイムド王国に所属している。

同程度の面積と言ったが、豊かさから言えば、我が国、ヘイムド王国はデルクンド王国の後

塵を拝していると言わざるを得ない。

デルクンド王国北部に大量に埋蔵される鉄や銅は、我が国にはない資源であり、南部には漁港と貿易の拠点があり、海に面していない我が国にはない海路という最高の資源を持っている。

これらが喉から手が出るほど欲しい！　というのが、嘘偽らざる我が国へイムド王国の本音であった。

それこそ戦争をして奪い取ってでも、だ。

だが、いきなり戦争をしかけても裕福なデルクンド王国に勝利することは難しい。

だからこそ、そのためにはデルクンド王国国内が乱れ、内乱が起こることが必要であった。

だが、さすがデルクンド王国であった。賢王と名高き現デルクンド王国国王、ジークス・デルクンド国王陛下は一切他国がつけ入る隙を与えなかったのである。

デルクンド王国では北部と南部で貴族の気風や文化が違う。北部は貴族的な優雅さや伝統、格式などを重んじる。一方で南部の貴族たちは格式よりも実《じつ》を取り、気風も荒々しい。こうした違いは、資源の採掘によって富を得ている貴族と、漁業や交易という思い通りにいかない相手に富を得ている貴族という立場の違いから生じている。そして当然ながら仲が悪い。

『北の奴らは下ばかり向いて何を考えているのか分からない』

これは鉱山を掘って利益を得ている北部貴族を揶揄する南部貴族の言葉であり、

『南の奴らは何代にも亘って成金貴族のような者ばかりだ』

これは南部貴族が伝統も格式も重視しない貴族らしからぬ気風を揶揄する北部貴族の言葉だ。

こんな感じであるから、普通に考えて、こうした国を二つに割ることはたやすいはずだ。実際、そうするために数々の各国の諜報員がこの国に潜入している。

だが、残念なことに、ジークス・デルクンド国王陛下は賢王の名を冠するだけあり、戴冠早々にこの内乱の芽を摘み取ってしまった。

彼は妻を北部貴族のハストロイ侯爵家より娶り王妃とした。しかし、同時に王太子の婚約者は南部貴族のエーメイリオス侯爵家から出すことも早々に決定し内外へ宣言したのである。

そして、実際に、エーメイリオス侯爵家の長女シャルニカ・エーメイリオス侯爵令嬢は生まれた時から王太子の婚約者として、妃教育を施される徹底ぶりであった。

これによって、北部貴族と南部貴族の勢力圏は均衡し、統制ある権力闘争が繰り広げられるだけになったのだ。もはや、他国がつけ入る隙がないほどの徹底ぶりであり、今後百年はデルクンド王国の領土を奪うのは無理そうだ。というのがヘイムド王国の判断であった。

しかし！

ああ、これほど幸運なことがあるだろうか。

賢人の子がまた賢人であるわけではないということは、シャドア戦記を繙くまでもなく既に歴史が証明しているではないか。

そう、賢王ジークスの嫡子マーク・デルクンド第一王子は父の賢さを一つも引き継がぬとんでもない愚か者として生まれ育ってくれたのである。

次期、国王が愚物。これほど素晴らしき朗報が他にあろうか？

私はこの情報に欣喜《きんき》雀躍《じゃくやく》としていた。

もちろん、この情報はデルクンド王国の一級秘密情報として秘匿されていて、ほぼ知られていない情報である。女遊びが酷い、であるとか、けんかっ早い、プライドが高い、といった情報にすり替えられて他国の諜報員に出回っているが、隣国である利点を生かした執念深い諜報活動によって、私は目の前のマーク・デルクンドこそがこの完璧に見える王国唯一の【欠陥】であることを確信した。

そして、実際にそれを裏付ける事件を起こしてくれたのである。おお、神よ、目の前の愚者を生んでくれたことに感謝します。

なんと、こいつはあろうことか、せっかく賢王ジークスやその側近たちが何年にも亘って根回しを行い進めてきた国家百年の安寧の礎《いしずえ》たる、シャルニカ・エーメイリオス侯爵令嬢への一方的な【婚約破棄】を王立学園の卒業式という場で公然と行ったのである。そして堂々と、隣に座っている、以前はどうだったか知らないが、今や心の醜さが露呈したとしか言えないミルキア男爵夫人との【浮気】を正当化し、王太子妃にすると言い出したのだ。

公衆の面前で婚約破棄をしてうら若き女性に恥辱を与えるなど、はっきり言って吐き気を催すほどの外道であり、もし私が自分の可愛い娘にそんな真似をされたら、誰であれ即刻首を刎ねてやるところだが、個人的な感想はともかく、この馬鹿王子マークはこうして一瞬にして王国全体の平和を揺るがすという大罪を犯したのである。

この婚約破棄事件によって、南部貴族の不満は爆発し、北部貴族は自分たちの権益を拡大するためにメロイ侯爵令嬢を王太子妃にしようと画策することは明白だった。また、現王妃であるモニカ・デルクンド王妃殿下も立場上それに加担せざるを得ないから、北部貴族の勢力は優勢となる。一方で南部貴族は王室から一旦婚約破棄が行われたので、立場は非常に弱いものにならざるを得ない。もし今後婚約者に戻れたとしても、当初ジークス国王陛下が企図していたような、バランスの取れた発言力を北部と南部貴族にもたらすような婚姻にはなりえなくなったのだ。

つまり、北部貴族の発言権が非常に強くなるはずである。

一方、南部貴族の不満は高まり続けるはずだ。

そうなれば、南部貴族を王国から離反させることはたやすい。そして、内乱の隙をついて、デルクンド王国へ侵攻し、一部領土を占領出来る。我が国にもようやく資源地帯や港が手に入るのかと思うと、改めてマーク男爵、ミルキア男爵夫人という、稀代の大馬鹿者たちに深い感謝を捧げたくなるのだった。

しかし！

これほどの愚者がいるのならば、賢者もいるのだ。それもまたシャドア戦記を繙くまでもない。その賢者とはシャルニカ・エーメイリオス侯爵令嬢に他ならない。

彼女はなんと公衆の面前で婚約破棄などという恥辱を与えられたにもかかわらず、王国全体のために、まずオズワルド・エーメイリオス侯爵、つまり実父を説得して国王陛下に和解の手紙を書かせるという驚きの行動に出たのだ。そして次に具体的な献策として第二王子リック殿下との婚約を提案したのだという。

なんという政治的センスと器の大きさであろう。そして、まるで全てを見通すような視野の広さ。後ろに運命の女神へカテでもついているようではないか！

一方の目の前の馬鹿王子のマークとミルキアらと言えば、この提案に激怒したと聞く。シャルニカ侯爵令嬢の爪の垢を煎じて飲むべきほどの政治的センスの欠乏と視野の狭さだ。何かの呪いにでもかかっているのか？

確かに彼女の献策によって、貴様は廃嫡され、王太子の身分を剥奪されたように見えるかもしれないが、彼女がお前を許し、父親を説得して国王と和解していなければ、国は真っ二つに割れて内乱が起こっていたのだぞ？　そうすれば、北部貴族と戦争になり、我が国が参戦する。その後に待っているのはデルクンド王国の領土の縮小、北部貴族と南部貴族が独立して王国を造り、現王室は廃止され、後顧の憂いを断つために現王族たちは処刑されるだろう。

その時真っ先に処刑されるのはお前とミルキア男爵夫人なのだ。

なぜなら、戦争の原因をつくったのは、お前のくだらない【浮気】であり、しかも卒業式という公の場で、衆人環視のもとレディーに対して【婚約破棄】を行った愚行に違いないのだからな。

そして、正当な婚約者がいる王太子と浮気をしたミルキア男爵夫人も同じく処刑を免れ得ないだろう。

言わば、お前らが恨んでいるシャルニカ侯爵令嬢やリック王太子殿下は、お前らの尻ぬぐいをしてくれた上に、命の恩人でもあるのだぞ。

そんなことも分からないのか、と私の上辺だけのおべんちゃらにご満悦に浸っている馬鹿王子と、隣に座る醜悪な豚へ、思わず罵倒したくなるほどの強烈な軽蔑の念を抱くが、表情には出さない。

ただ、心の底から軽蔑するだけである。

だが、こうした馬鹿であるからこそ、操りやすいのは確かだ。

私はまんまと気をよくしている二人に言った。

「私どもの私兵をお貸ししましょう。それによってリック殿下を暗殺するのです。あるいは、シャルニカ侯爵令嬢を誘拐し、リック殿下に自害するよう脅迫するのも良いでしょうな」

「おお！　それは名案だな!!」

「本当ね！　たっぷり復讐してあげないと!!　私たちをこんな目に遭わせておいてただで済ますことはできないわ！　生意気なシャルニカは外国に売り飛ばしてやりましょう!!　処刑よりも辛い目に遭わせて上げないと！　あはははははは!!」

「ああ、その通りだ！　この僕を陥れた罪、たっぷりと償ってもらうぞ!!　シャルニカ！　リック!!　覚悟しろよ！　わーっはっはっは!!」

私は追従の笑みを浮かべて頷きながらも、内心では目の前の馬鹿どもを冷ややかに罵倒するのだった。

何が名案だ、馬鹿が。血を分けた兄弟を殺す提案に何の躊躇も持たないとは。

それにミルキア夫人ももはや直視できない醜さだな。不健全な生活と派手な衣装もあるが、何より性根が腐っているとしか言えない。

本来処刑されるべき【罪人】どもはお前らだという事実にどうして気づけないのか。

こいつらの余りに自分勝手な思考は、もはや常人には理解不能である。

だが、交渉はうまくいった。

細かい作戦はこちらで立てて、マークには実行リーダーだけを務めさせれば良い。

緻密な計画など、この馬鹿どもに立てられる訳がない。だから、もし失敗した時のためのトカゲの尻尾切りのように罪を被ってくれれば役割としては十分というわけだ。

成功すれば、歴史上最低の愚王の誕生で、それはそれで良し。

失敗しても、我が国として失うものは何もない。

ただの傀儡が二体失われるだけのことだ。

それはこの世界にとっても良いことに違いあるまい？

そんなことを思いながら、私は目の前で輝かしい未来について語り合う道化《ピエロ》たちを、心からの軽蔑の目線で見つめていたのであった。

◆シャルニカを暗殺し王太子へ返り咲く

【Ｓｉｄｅマーク男爵】

「くくく、僕を一代男爵などに貶めた罪人どもめ。その悪事も今日までだ。王太子の身分は返してもらうぞ」

僕は覆面で顔を隠したヘイムド王国の暗殺者たち五名を見ながら嗤った。

しかし、月の隠れた夜の闇に溶け込み、彼らの姿や、ましてや細かな表情などは至近距離でも確認は出来ない。

それは、今回の『シャルニカ暗殺計画』が誰にも見つからず遂行出来る可能性を高める吉兆であった。

そして、同時に運命を操るという女神へカテが僕に、王太子へ返り咲くよう導いてくれているのだ。

それもそのはずだ。

「正義は僕にあるのだからな」

僕に【浮気】をさせたシャルニカにこそ、責任があるのに、奴はなんと僕に【婚約破棄】をされるや逆恨みし、まず僕の大切な女性だったミルキアの生家への嫌がらせ《損害賠償請求》を行った。

そして、僕への執着ゆえに、嫉妬に狂ったのだろう。

第二王子、愚弟のリックという無骨なだけで貴族の何たるかを一つも知らぬ無能な男を、恐らくその身体を使って籠絡し、操ることで、国王陛下につけ入ったのだ。

こうして父上から僕を廃嫡する勅命を不当にも出させ、王太子の座から引きずり下ろすと、尊いこの身をラスピトスなどという辺境へ飛ばしたのである。

リックを次期国王とし、そして自分が未来の王妃としての地位を盤石にするためだけに‼

僕への嫉妬の次は権力欲にも狂っていたというわけだ。

恐ろしい魔女だ。

やはり、僕が彼女を【婚約破棄】したことは間違っていなかった。むしろ、彼女の中に眠る魔女としての本質を見抜く慧眼であったことが今なら誰の目にも明らかだろう。

だが、そうした陰謀の幕は今日、僕の正義の鉄槌によって下ろされる。

まず主犯であるシャルニカを殺す。そして生かしているフリをしてリックを呼び出し同様に殺すのだ。

僕の口元が自然に三日月のような形に変わるのが分かった。

無実の罪で辺境へ送られた至高の次期国王たる僕が、罪人シャルニカを処断し、王太子へ返り咲く。

その方法は残酷であれば残酷なほど良いだろう。

この尊き僕の尊厳を一時的にでも損なったからには天罰が下るのは当然であるし、僕に逆らえばどうなるのか見せしめにもなる。

本来ならば牢屋に幽閉し、何年にも亘る拷問の末、最後はギロチンにて公衆の面前にて斬首するべきところだ。その時、あの厳然とした表情がどう崩れるのかをぜひ見たかった。泣き叫び、僕に許しを請い、靴を舐めると言い出すに違いない。

「きひひひひ。だが、残念だ。まぁ致死性の毒を塗ってある。これで深く切られた者は相当の時間苦しみ、もだえ、顔や体が変形した末に死ぬという。その哀れな最期を観賞出来るだけでも良しとしよう。きひ、きひひひひひ」

僕はその毒を塗ったナイフを取り出して、ますます笑みを深める。

暗殺者たちもこのナイフは持っているが、僕も同じものを携行していた。本来、このような所業はこの薄汚い暗殺者どもに任せるべきだ。しかし、シャルニカの体に刃を突き立てる感触、それによって苦しみ、のたうち回る姿、変貌を遂げて醜く変わり果てる瞬間を思い浮かべると、どうしても自らの手によって為さなければならないと決意したのだった。

ただ、元々今回の計画の発案者であるデモン侯爵は、僕が現場に同行することやナイフを所持することに反対していた。

僕も直前までそのつもりだったのである。

しかし、到着して待機していた際に、デモン侯爵から別の指示があったと一人の暗殺者が伝えて来た。

それは、暗殺集団に僕も同行し、そして毒のナイフでシャルニカを僕の手で殺すことに賛同するとのことであった。

どうして急に意見変更したのかと一瞬思ったが、当然のことだと思い直した。

なぜなら、これは運命の女神へカテに導かれた正義の鉄槌を下す時なのだから。

「夜も更け、部屋の明かりも消えて一時間が経ちました。中に侵入した諜報員によれば、シャルニカ侯爵令嬢は既にぐっすりと就寝したようです。参りましょう、殿下」

「うむ、案内しろ。ところで奴がこっそりと近づいた際に起きるようなことはないか？」

「大丈夫です。諜報員からの情報によれば、彼女は多少の物音程度では起きないようです」

「ははは。そうか、そうか。ならば起きた時はさぞ面白いものが見れるな」

暗殺者の言葉に納得し、僕は鼻で笑った。

もうすぐだ。

もうすぐ僕から王太子という身分を奪ったシャルニカに最大の苦しみを与え、その顔や体を醜い姿にして、哀れみながら殺すことが出来る！

「シャルニカさえ死ねば、次は、くくく。リック。お前の番だ」

同じような殺し方が良いだろうか？

それとももっと屈辱的な方法が良いだろうか？

「例えば、そうだな。奴のせいでエーメイリオス領民が死ぬというのはどうだろう？　本当はシャルニカ相手にしてやれば楽しそうだが、リック相手でも見ものだろう。領民の女、子供を一人ずつ目の前で殺していくか。そして最も絶望した瞬間に奴の命を絶つ」

きひひひ。

僕の正義は止まらない。罪を贖《あがな》うのは当然のことだ。

「こちらです」

「うむ。それにしても巡回の者一人としていないな」

「はい。ちょうど交代の時間を狙っていますので」

なるほどな。

さすが僕の尊さを理解するデモン侯爵だ。

完璧な計画に満足する。

こうして僕はあっさりとシャルニカの寝室までたどり着く。

鍵はかかっておらず、簡単に扉は開いた。

暗闇に慣れた目には、暗黒の中ベッドがぼうっと見える。シャルニカの顔までは見えないが、布団を深くかぶり眠っている様子だ。

僕は物音を立てぬよう静かに近づく。

やはり布団を頭からかぶっているせいで、顔は見えない。

だが、胴体の膨らみはハッキリと見えた。

「くくく。死ね！　死ね！　この罪人が！　苦しみ抜いて死ねぇぇぇぇぇぇぇぇぇぇぇぇぇぇぇぇぇぇ！！！！」

僕は嗤いながら、毒の塗られたナイフを布団の上からザクザクと何十回とメッタ刺しにする。

刺すたびにドス！　ドス！　という心地良い音が、快感を伴い耳朶を打った！

「はぁ、はぁ、はぁ！　よし、もう十分だろう。あとは苦しむ姿を……えっ？」

僕は呆気にとられた。

なぜなら、そこにいたのはシャルニカではなく、単なる丸められた敷布団だったからである。

僕は完全に混乱する……暇もなかった。

グルン！！！

天と地が逆転したかと思うと、

「ぎゃっ⁉」

ガンと脳天にこれまで感じたことのないほどの激痛が走ったからだ。

目玉が飛び出るかと思うくらいの衝撃だった。

だが、その肉体的な衝撃とともに、もう一つの衝撃が僕の脳裏をかけめぐる。

「ど、どうしてだ……。どうしてそこに貴様がいる‼」

僕は思わず地面を這いずりながらも叫んだ。

叫ばずにはいられなかった。

なぜなら、同行していたはずの五人の暗殺者のうち、四人が地に転がされ失神しており、そして残りの一人が覆面を外し、こちらを見下ろしていたからである。

その時、雲に隠れていた月が顔を覗かせ、窓からうっすらと月光が差した。

それはまだ半信半疑であった目の前の者の正体を明白にする。

「リック！　どうしてお前がそこに！　いるんだ!?　そんな訳がない!!　シャルニカはどこだ。今、僕に殺されたはずだぞ!!」

その言葉に、しかしリックはいつも通りの平静な声で応じた。

「ここまで間抜けとはな。暗殺者の一人が俺だったと、まだ気づかないのか？」

「……は？」

僕が呆気にとられ混乱する中、

「それにシャルニカはここにはいない。絶対安全な場所に最初から匿《かくま》ってある」

そ、そんな。どうして？

だが、そんな僕の混乱を無視してリックは言った。

「マーク・デルクンド男爵。貴様を王太子の婚約者シャルニカ・エーメイリオス侯爵令嬢暗殺

未遂の現行犯！　並びに隣国へイムド王国と共謀した国家転覆罪！　そして、男爵領内での横領や領民への暴行といった重罪や余罪の数々をもって現行犯逮捕する！　衛兵たちよ、この罪人に縄を打て!!」

するとと、待ち受けていたかのように、扉の外から大勢の衛兵が駆け込んできて、僕を縄で拘束しはじめたのであった。

「やめろ！　触るな！　ふ、不敬な！　ぐぎ！　は、離せぇぇぇぇ!!」

何を叫んだかは覚えていない。

だが、こうして僕はいつの間にか、リックと衛兵たちに捕縛されてしまったのである。

なんでだ！

どうして、こんなことになった!?

◆罪状を告げられ泣き叫ぶマーク男爵

【Ｓｉｄｅリック・デルクンド王太子】

「さて、何か申し開きがあるか？　マーク男爵？」

俺の言葉に、部下たちに地面に転がされ、拘束された愚兄マークは、目を血走らせながら叫ぶように言った。

「どうしてお前がここにいるんだ！　僕の作戦は完璧だったはずだぞ!!」

「完璧というのは、隣国へイムド王国にそそのかされ、未来の王太子妃やこの仮にも王太子である俺を暗殺しようとした作戦、ということか？」

「何が王太子妃だ！　王太子だ！　お前らは俺を嵌めて、王太子の身分を剥奪した犯罪者どもじゃないか！　そして、高貴な僕を辺境に送るなどという不敬罪を犯した！　二人とも僕に殺されるのが当然だ!!」

聞くだけで頭が痛くなるような理屈だ。

俺ははっきりとその意見の破綻を指摘していく。

「簒奪ではない。王の勅命に基づいた正式な地位の移譲だ。しかも、シャルニカ嬢にいたっては、お前の一方的な【浮気】と【婚約破棄】による被害者であり、王太子の婚約者という正当な身分にお戻りいただいただけのことだ」

「お前とシャルニカが共謀して、父上をそそのかして、僕を一代男爵へ封爵しただけじゃないか！　そんなことは到底許されない!!」

「共謀などではない。面倒なので細かい説明は省くが、お前の【婚約破棄】事件によって内乱一歩手前だったのだ。それをシャルニカ嬢が実父を説得されて王室と和解の機会をもってくれたのだ。父上、母上、側近たちがどれほど感謝したことか、お前に分かるか？　まぁ分からんだろうな。そうした経緯があって、王室と北部貴族代表ハストロイ侯爵家と南部貴族代表エーメイリオス侯爵家で話し合いが持たれた結果、お前の廃嫡と王太子の身分の剥奪が決定された。要するに不当などと騒いでいるのはお前だけで、他の王室関係者、貴族らは納得している。つまり、お前の王太子身分の剥奪は、皆が合意した上で出された勅命だったということだ。理解できたか？」

「うううう、嘘だ！　そ、そうだ。僕を男爵なんかにしたのも、僕の浮気に嫉妬したシャルニカの嫌がらせだろうが。この高貴な僕を貶めて快楽に耽《ふけ》るための！」

何を言っているんだコイツは？

本気でこいつの考えていることが理解できずに頭を抱えそうになる。

「彼女はそんなことを考える人ではない。お前ではないのだからな。その証拠が、そもそも、お前を男爵にすることを許可したことだ。そんなことも分からないほどお前は愚鈍なのか？」

「な、なんだと！」

「やはり分かっていないのだな。王室では、お前を極刑にする案は非常に有力だったのだ。あのシャルニカ嬢に対する一方的な【婚約破棄】に対する、南部貴族の怒りは大きかった。そのケジメをつけるために最も有力な手段が主犯であるお前の処刑だったのだ」

「ば、馬鹿な！　ありえない!!」

「ありえないのは卒業式の晴れの舞台で、堂々と衆人環視の下、婚約者に対して、婚約破棄などをする馬鹿なお前だ！　恥を知れ！　この王室の恥さらしが!!」

「なっ!?　貴様、言うに事欠いてぇっ……！」

俺の言葉に正論を見たのだろう。それを認められず愚兄は暴力で対抗しようとした。だが、

「おとなしくしろ!!」

「ぎゃあ!!」

暴れようとしたところを、衛兵にあっさりと押さえ込まれた。顔面を地面に押し付けられる屈辱的な姿勢に、みるみる怒りで顔が真っ赤になるが、当然の報いでしかない。

「話を続けるぞ。とはいえ、やはり王子を軽々と処刑することは国内に不和の芽や疑心暗鬼を呼ぶ。そのこともシャルニカ嬢はよく理解され、王室に寛大な処置をと一任されたのだ。そして一代男爵とすることを決めたのは王室だ。いわば、シャルニカ嬢はお前の命の恩人と言っても過言ではなく、辺境送りになったことを恨んでいるのならば、筋違いもいいところだ。このくらい理解できずよく王太子なぞをしていたものだな」

俺は心底呆れながら言う。

「う、うるさい！　そ、そもそも王太子である僕に尽くすのは貴族どもの当然の義務だ！」

「シャルニカ嬢がお前の処置を王室に一任されたのは、お前の王太子の身分剥奪の決定後だ。つまり、お前に尽くす義務などない段階で、ただその優しさからお前を許したのだ。そして」

俺は思わず、愚兄の顔を蹴り上げてしまった。

「ぎゃっ⁉」

俺は怒っていたのだ。

あれほど寛容で素晴らしい、可愛らしい女性に対して、これほど理不尽な行為をしようとした目の前の男に。こんな男はもはや兄でもなんでもない。

「そんなお前を救ったシャルニカ嬢を、こともあろうかお前は残酷極まる方法で殺害しようとした。しかも、隣国へイムド王国のデモン侯爵にそそのかされて。それが内乱を誘発することになることを顧みることもなく、ただ己の恨みと権力欲を満たすためだけに、シャルニカ嬢を殺害しようとしたのだ！　この屑が！」

「ぎゃっ⁉　ひっ⁉　や、やべで‼」

さっきまでの威勢はどこに行ったのか。

何度も蹴りつけると、自画自賛していた甘めの顔とやらはボコボコになり、涎と涙で顔面をぐしゃぐしゃにしだした。

だが、実際のところ、俺は手加減をしていた。

腐っても兄という意識が捨てられなかったのだと思う。

本気で蹴りつけていれば、軟弱な愚兄の命などすぐに消えてしまっていたことだろう。

「はぁ。シャルニカ嬢のことを思うとつい冷静さを欠いてしまった。俺としたことが……」

俺は頭を振って、冷静さを取り戻すよう努めた。そして改めて目の前の男に罪状を言い渡す。

「ふう、だがマーク男爵。言い逃れするどころか馬鹿なおかげでシャルニカ嬢暗殺、王太子《俺への》暗殺計画を認めたな。そしてそれが己の筋違いの恨みから来るものであるという情状酌量の余地の一切ない動機であることも判明した。更に、ヘイムド王国とのつながりも否定しなかった。これは別動隊が確認しているが、補強材料として十分に証拠になる。そして、こうして現行犯として取り押さえることも出来た」

そこまで言うと、今まで俺に恨みや怒りの視線だけを向けていた愚兄の瞳が怯むのを見た。

どうやら、やっと俺が何を言いたいのか、察したらしい。

「マーク男爵！　貴様を大逆罪を犯した大犯罪者として極刑とする！　同時に共謀したミルキア男爵夫人も同罪である！」

なお、アッパハト子爵家は既にミルキア男爵夫人と義絶しているため咎めはない。だが、大逆罪を犯した令嬢を輩出した子爵家がどうなってしまうのかは想像に難くない。

「そ、そんな!? 僕が大逆罪の犯罪者!? 嫌だ! 嫌だ!! た、助けてくれ!! リック!! 僕を見逃してくれればお前に仕えてやってもいい!! あ、そ、そうだ。これはミ、ミルキアが首謀者なんだ。だから彼女の命が欲しいならくれてやるから、どうか僕だけは助けてくれ!!」

なんという身勝手な言動であろう。

愛した女性の命すら自分が助かるために差し出そうとするとは。

人間とはここまで醜くなれるものかと、逆に憐れみを覚える。

「俺も兄を殺したくはない。だが、法にのっとり極刑とするより他ない。悪く思うな」

「ま、待ってくれ! ひい! 助けてくれぇ!!」

すがりついてこようとする兄からスッと体を離す。

と、その時である!

ガシャン!!

ヒュン!! ヒュン!! ヒュン!!

窓ガラスを破って何本ものナイフが飛び込んできたのだ。

「ふん!!」

俺はとっさに剣でそれらを払い落とす。

「い、いでぇ! くそお! うおあああああああ!! 死んでたまるものかああああああ!!」

「む!?」

俺や精鋭の部下たちが自分たちに投擲されたナイフを防いでいる間に、地面に拘束していた兄が地面を転がるようにして走り出したのである。

そして、そのまま窓にその身を投げ出すようにして脱出したのだ！

「追え！　追え！　そう遠くにはいけないはずだ!!　ただし、ナイフには気をつけよ！　致死性の毒が塗られている!!」

「はっ！」

部下たちが追いかける。

恐らくだが、ヘイムド王国の刺客の一部がどこからか投擲したものだろう。

と、床を見れば月光が照らす青白い床の上に、今のナイフによる負傷と思われる血が数滴、飛び散っていたのである。

「まさか」

俺はその血が誰の物かうすうす悟ったのであった。

◆醜悪な姿になり果てた×××

【Sideミルキア男爵夫人】

「ふん、ふん、ふん♪」

私は領民から徴収した税金や賄賂で仕立てたドレスを着て、それに合った高価な宝石を選ぶことにご満悦であった。

その姿を隣国へイムド王国使節団のリーダーであるデモン・サルイン侯爵様が見ていた。きっと私の美しさに見ほれているのだろう。

最近は嫌なことが続いていたが、それも今日で終わり。そう思うと久しぶりに心が華やいでいた。

「ふふふふ。今日でこんなみじめな辺境での生活もおさらばよ。マーク殿下があの憎いシャルニカを殺して、明日には王太子簒奪者リックも亡き者にする！　それで全ては元通りよ。あはははは!!」

王太子でなくなったマーク殿下には何の魅力もないと一時は思ったが、再び王太子の身分に復帰されるとなれば話は別だ。そして、その時王妃として相応しいのは可憐で美しい私しかいないだろう。

私が哄笑を上げていると、デモン侯爵がなんとなしに口を開いた。

「そうですな。あなたほどの方が一代男爵の夫人におさまるのは相応しくありませんな」

よく分かっているじゃない。

いいえ、見る者が見れば明らかなのよ。

やはり私が辺境ラスピトスへ追放されたのは、ひとえに、シャルニカとリック第二王子という王位を狙う簒奪者たちの陰謀の結果であり、不当としか言いようがないことなのだ。

「愛する二人を嫉妬で引き裂いた上に、損害賠償を請求して私のアッパハト子爵家を実質取り潰しにしようとしたのよ！　なんていう陰湿さなのかしら!!　しかも、それに対して謝罪一つなく、それどころかよく分からない政治的な理屈をこねくり回して、マーク殿下の王太子の身分を剥奪した上に、辺境に飛ばすなんて、王が許しても神が許さないわ!!」

「神ですか？」

「そうよ。運命の女神へカテ様が見ていたら、きっと、彼らに天罰を与えるでしょう。そして、やはり女神は見ていらっしゃった。あなたという使徒を遣わせたのですから!!」

その言葉に、デモンは口を押さえて何か小刻みに震えていた。

「どうかしたの？」

「ああ、いいえ。失礼。何でもありません。ミルキア男爵夫人」

「？」

「それにしても何度聞いても興味深いお話です。さすが社交界の華と謳《うた》われた御方だ。何度聞いても飽きることがない。そうですな。愛があるからこそ卒業式という大舞台で勇気を出されて、マーク殿下とシャルニカ侯爵令嬢様との【婚約破棄】を衆人環視のもとご立派にも公言し、更に【婚約宣言】をされようとしたのですからな。そうした愛ゆえの行為だというのに、それを咎められ、あまつさえ、あなたのお家に、これまでの諸費用や迷惑料を請求されるなどとは、ミルキア様には思いもよらないことでしたでしょうなぁ。それに、北部貴族、南部貴族の対立などというよく分からない理屈、ですな。ええ、そうですな、難しい政治的なお話です。そんなものに振り回されたミルキア様を、きっと女神へカテ様も哀れに思われているに違いありません」

「まったくだわ。私が世界で一番可憐で美しいんだから、王妃になって贅沢して、他の貴族や下賤な民は私に傅《かしず》く。その当たり前の権利を侵害されたんですから！」

デモン侯爵は理解しているとばかりに微笑んで頷く。

「そうですな。ただ、一部の他の王族や貴族たちは、やや迷惑に思ったのでしょう」

「ふん！　まったく私利私欲にまみれた権力の権化どもは唾棄すべき存在ね‼　私が王妃になるのがそんなに妬ましいのかしら！！！」

私は叫ぶように言った。

と、その時である。

コンコン。コンコン。コン。

私のいる部屋の扉が独自のリズムでノックされた。

「失礼します、ミルキア様、伝令のようです」

「シャルニカの暗殺に成功したのね！」

私は喜んで机に並べていた宝石も蹴り飛ばす勢いで跳び上がる。

「ははは。きっとそうでしょう。よし、入れ」

「失礼します。閣下。暗殺は成功です。炭鉱のカナリアが鳴き止みました」

「ふむ、そうか」

デモン侯爵は冷静だ。

でも私はその暗殺成功の吉報に喜びを抑えきれない。

「やったわ！　これで王都に凱旋出来る！　ああ、いいえ！　次はリック第二王子ね!!　シャルニカを人質にしていると言って脅迫して手も足も出ないところを殺すのよ!!　ああ、考えただけで待ち遠しいわ!!　これで王妃の座も、富も権力も全て私のものよ！！！」

やっと、本来の私の地位を取り戻すことが出来るのだ。

ただ、デモン侯爵は妙に冷静な様子で何かを考えている。

どうしたのかしら？

「ふむ、さすがミルキア様です。おっしゃる通り、次はリック殿下相手となります。そのための準備が必要となります。少々外しても宜しいでしょうか？」

なるほど。確かにそうだ。

シャルニカ暗殺には成功したとは言え、簒奪者はもう一人いるのだから、次の脅迫して暗殺するための準備が必要だ。

「ええ、お願いするわ。私はどうしておけば？」

「ミルキア様はここで彼をお待ちいただくのが良いかと。それでは失礼します」

そう言うと妙にそそくさとした仕草でデモン侯爵とその部下は退室していった。

『彼をお待ちいただくのが宜しいかと』と言ったから、脅迫されたリック第二王子をここへ来させるということだろう。確かに、暗殺するならば邪魔が入らず、隠蔽《いんぺい》工作が容易な私室が最も適切だ。

私は心を躍らせながら待つことにした。

「そう言えば」

私は今頃になって一つ思い出す。

あの伝令兵が報告をする際に、暗殺が成功した、という言葉の後に、何かもう一言付け加えたような気がする。

何だっただろう？

確か。

「炭鉱のカナリアが鳴き止んだ」

……え？

私はなぜか猛烈な嫌な予感が背中を走るのを感じた。

どうしてそんな言葉を使う必要があるのだ？

それは北部貴族では有名な言葉だ。

いわゆる、炭鉱を掘ると毒ガスが噴き出すことがある。

その際にカナリアが最も早く異常を察知して鳴き止むのだ。

つまり、危険が迫っていることのサイン。

それは、シャルニカ暗殺に成功し、次のリック第二王子暗殺の成功の目途がついている今の状況に、あまりにそぐわない符丁ではないか？

「デモン侯爵！　デモン侯爵⁉」

私は嫌な予感がして、思わず叫ぶ。

だが、いるはずの彼の部下も、そして彼自身からも何の返事ももたらされることはなかった。

しかし。

ズル……。

ズル……。

ズル……。

何かを引きずるような粘着質な音が、静寂に包まれた屋敷の廊下に響いて来た。

そして、それはなぜか私の部屋に徐々に徐々に近づいてくるのだ。

「ひっ⁉ な、何⁉」

私は恐怖に足がもつれて倒れ込む。

と、同時に、扉の前でピタリとその何かを引きずるような不気味な音は止まった。

「い、いや……。いやいやいやいや」

どこかに行って！

誰か助けて‼

そんな私の願いもむなしく、カチャリとドアノブが回り、ゆっくりと扉が開かれていく。

そして、その先に居たのは。

「ミルキアァアアアアアアアアア！！！！！！！」

「い、いやあああああああああああああ！！！！！！！」

「だ、だずげてぐれ!!　ぼぐだ!!　マーグだ!!」

「ひ、ひぃいいいいいいいいいいいい、近づかないで！　化け物！　化け物！　化け物ぉおおお!!」

扉を開けて入ってきたのは化け物。

顔はパンパンに腫れ、身体はぶよぶよとした風船のようになっていた。肌の色は赤黒く、目は血走っている。

神話に聞くオークという豚の化け物そのものだった。

だが。

何より恐ろしいことは。

その化け物が自分のことを。

私は聞いた。聞こえてしまった！

信じられない。

何なのよ、これは!?

自分のことをあの見目麗しかったマーク殿下と名乗ったのだ!!

こんな化け物が！　オークが！　豚が!?

私は醜悪な姿になり果てたマーク殿下が近づいて来るのを、吐き気を我慢しながら見ていたのである。

◆僕がこうなったのはミルキアのせいだ

【Sideマーク男爵】

「誰《だ》が化《ば》け物《の》だああああああああああああ!!」


なぜか僕を見て怯えた声で暴言を吐いたミルキアに対し、僕は怒りの声を上げた。

どうにも声がうまく出ないし、体も重い。それに体中が熱くて熱くて気が狂いそうだった。

恐らく、エーメイリオス侯爵家の屋敷で、窓ガラスを粉砕しつつ投擲されたナイフが少しばかり僕にかすったのが原因だろう。

だが、致死性と言いつつ、軽傷だったために、僕はこうして生きている。

ははは、何て運が良いんだろう。これなら、まだまだ王太子へ返り咲くことが出来る。

だというのに、目の前の妻であり、僕を一番に支えてくれるべきミルキアは、僕を見て化け物だとさっきから何度も絶叫している。

「だ・ば・でえええええ!!」

僕はふつふつと抑えられない怒りが湧いてくるのを感じた。

「ぞもぞも、ぜんぶお前《おばえ》のぜいで、ごうなっだんだどおがあ!!」

「わ、私のせいって何よ⁉」

ミルキアは言い返して来る。

全く以て忌々しかった。

「ぞもぞもお前が俺《おで》の婚約者《ごんじゃくじゃ》なんがになろうとしなげりゃ、こんな目《べ》には遭わなかった《あばながった》んだあ!!」

「は、はあ⁉　あんたから言い出したことでしょうが⁉」

「うるざい！　うるざい！　うるざい！　うるざい!!」

僕は更に咆哮《ほうこう》する。

「お前《おばえ》が誘惑《ゆうばぐ》しでごなげれば！　婚約《ごんやぐ》をうけなげれば、こんな事《ごんなごど》にはならながっだんだ！　ぞうずれば！　俺《おで》は今でも王太子《おおだいじ》のまま、色んな《いどんな》女と遊び歩いて《あぞんびあづいで》、金《がね》も、権力《げんりょぐ》も、全て手《ずべでで》に入っ《ばいっ》て《で》いたばずなんだ！　だどに、ぜんぶお前《おばえ》が台無し《だいなじ》にじだ！　責任《ぜぎにん》を取れ《どれ》!!」

そう。

そうだ。

僕は何一つ悪くない。

悪いのは目の前の、今や醜く肥え太ったミルキアだ。

こいつが僕を誘惑したせいで、僕は【浮気をさせられた】。そしてこいつは、子爵令嬢という下級貴族の分際で、僕の正妃になりたいなどと、分不相応の願いを申し出たのだ。

心優しい僕はつい、その愛を信じた。

だからこそ、彼女の愛に報いるために、本当は愛していたシャルニカ・エーメイリオス侯爵令嬢へ【婚約破棄を告げるはめ】になったのだ。全て目の前の魔女がそそのかしたのが原因で、責任は全てこのミルキアにある。

そして、その後、ミルキアは更に魔女の本性を明らかにした。

アッパハト子爵家に損害賠償請求が起こると、払えないから家がつぶれてしまうと僕に泣きついて来たのだ。

全くの自業自得であり、僕に縋るのは筋違いだ。

だが、やはり僕は優しすぎたから、一緒にエーメイリオス侯爵家へ行って謝罪をしたうえでやり直したい旨を伝えようとした。

シャルニカは僕をあの時点でも、そして今でも愛していたに違いないから、成功する確率は高かった。そうすれば、彼女は僕の婚約者に戻り、すべては元通りになるはずだったのだ。

しかし、ミルキアを同行させたのがいけなかった。

ミルキアの火に油を注ぐような言葉の数々によって、シャルニカは激怒し、リック第二王子まで巻き込んで僕を廃嫡して王太子の身分まで奪う暴挙に出たのだ。

ミルキアのせいで!!

そして僕らは辺境に送られた。僕はそこでも慎ましやかな領主生活を営むつもりだったが、慣れない環境に気持ちがすさんでいたのは否めない。高貴な僕も人間なのだから当然だろう。

そんな僕を優しく支えるのが妻であるミルキアの責任だ。

なのに、彼女はその責任を破棄し、貴重な有り金を宝石や自分を飾り立てるドレス、豪華な食事に費やし始めたのである。

そんなミルキアの振る舞いに絶望した僕のところへ、ヘイムド王国デモン侯爵からの誘いがあったのだ。

僕は乗り気ではなかった。

だが、ミルキアのことを思い、その誘いに乗ったのだ。僕が王太子に返り咲くことによって、再びミルキアを幸せな王都の生活に戻すことが出来ると思って。

だが、暗殺計画は失敗し、僕は傷ついた。

全てミルキアの責任なのだ。

そんな僕をせめて労わるのが妻の責任だろう。

だというのに。彼女が僕を迎えた第一声は『化け物』だった！

「今まで《いばまで》の事《ごど》ば全て《ずべで》お前《おばえ》のぜいだのに！　許せない《ゆるぜない》!!」

そう。

これは正当な報復だ。

責任を取れえええ！

「いやぁ!!　寄らないで化け物!!　ただの逆恨みでしょうが!!　死ね!!　どっか行け!!　誰かあ!!　助けて！！！」

逆恨みなものか!!

僕は何も悪くない。

悪いのはこの女だ！

責任を取って死ね！

そうだ。そうすれば僕が浮気をした事実も無くなるかもっ……！

全てやり直せるかもしれない!!

いい考えだと僕は喜んで、ミルキアを壁際に追い詰めると、彼女の首を絞めようと手を伸ばした。

「助けて！　助けて！　くそ！　離れなさいよこの化け物ぉ！　全部あんたが無能なせいでしょうがぁ!!　あたしの人生台無しにした無能王子がぁ!!」

「があああああああああああああ！！！！！」

最後まで僕を侮辱する女の言葉に堪忍袋の緒が切れた！

絶対に息の根を止めてやる。

僕はミルキアの首を絞め上げる。

「いやあああああああああああああああ。　死にたくないいいいいいいいいいいいいいい！！！おえ！　ぐえええええええええ」

くはははは！　なんて無様なんだ！

悲鳴が実に耳に心地いい。

そして醜悪な豚女の顔が真っ赤になり僕を必死に引きはがそうとする様子は実に滑稽だった。

「うぎいいいいい……。あああ、じ、じ、じにだくない……ぢくじょお……ぢくじょお……わだじは……王妃に……」

かすれた声で、白目をむきつつうわ言を言う。

はははは！　因果応報だ！　この屑女が！

だが、そんな陶酔感に酔っていた僕に対して、

「待ってください!!」

聞き覚えのある別の女の声が耳朶を打ったのである。

◆二人を断罪し、極刑とする

【Sideシャルニカ】


私が慌てて部屋に駆けつけた時には、目の前には驚きの光景が広がっていた。

一見、オークという神話の中にしかいない豚の怪物が、ミルキアさんを殺そうとしているように見えた。

だが、よく見れば怪物はマーク男爵の面影を残していた。無論、以前の美貌は見る影もない。

また、ミルキアさんも少し見ない間に肥え太り、どこか不潔さを感じざるを得ない見た目に変わり果てていた。不摂生な生活のせいだろう。

私は新しい婚約者のリック王太子殿下に安全な場所に匿われていたが、マーク男爵がミルキアさんの隠れ家へ向かったという情報を聞いて駆けつけたのだ。

その目的は彼らが自害するのを止めようとしてだった。せめて貴族らしい最期を迎えてもらいたいと思ってやってきたのである。ただ、目の前の光景はその想像を裏切るものだったが。

もちろん一人で来るような無謀な真似はしておらず、彼らからの陰になって見えないかもしれないが、後ろにはリック王太子殿下がいてくださる。

私はまずミルキアさんの首を絞め上げているマーク男爵へ呼びかける。

「マ、マーク男爵、その手を離してください。ミ、ミルキアさんはあなたの愛した女性ではありませんか。それなのにどうして殺そうなどとしているのですか？」

すると、マーク男爵は血走った目をこちらに向けて、怒鳴るように答えた。と、同時にいちおう首にかかっていた手が離される。

「ミルキアが俺《おで》をこんな目《ごんだべ》に遭《ばばせだんだ》わせたんだ！　本当《ぼんどお》だったら今頃王太子《ぼおだいし》として、この国《ごのぐに》で思うがままに振《ばばぶ》る舞い、好き放題《ずぎぼおだい》出来るはずだった《だ》。それなのに《ぞでだどに》、こいつ《ごいづ》が誘惑してきたせい《ぜえ》で、こんなザマだ！　全部こいつ《ごいづ》の責任《ぜぎにん》だ！　だから殺《ごど》されるのは自業自得だ!!」

私はその言葉に訝し気に首をかしげる。

「あ、あの。いちおう王国調査部では事の経緯は調べています。本件は王国にとって大事《おおごと》なので事の経緯を詳《つまび》らかにしておく必要があるからです。そ、それで、最初に声をかけたのは確かにミルキアさんでした。でも、その後に彼女の元に通う【浮気】を積極的にしていたのはマーク男爵だったと報告にはあります。なので、一方的にミルキアさんが誘惑してきた、という主張は自己弁護のために捏造した、身勝手な論理かもしれないです。あ、その、すみません」

「ち、違《ちが》う！　そ、それに《ぞでに》、火遊びは男《おとこ》なら誰《だ》だってするだろう！　少しばかり浮気《ずこじばがりうわぎ》しただけで俺《おで》は本気《ぼんぎ》じゃなかった。【婚約破棄《ごんやぐはぎ》】を公衆《ごおじゅう》の面前でしようと言い出したのもミルキアだ。俺《おで》は悪くないいんだ」

そうなんですか？

男なら誰もが浮気するのでしょうか？

私が困惑していると、

「俺は浮気などしない。シャルニカだけだ」

彼らに聞こえない声でリック殿下がおっしゃいます。低いのにはっきりと聞こえる声にとてもドキドキしてしまいます。

『第二王子の愛情はこのゲーム内唯一ガチだから安心しなさい』

女神様の声も降ってきました。

でも、ガチ？　って何でしょうか？

ゲーム？

と、とりあえず安心しなさいとのことなので安心しておいて、マーク男爵の言葉に返事をします。

「【浮気】は双方の合意がないと出来ないものなので、どちらが悪いとも決めつけることは出来ないと思います。あの、それから卒業式での【婚約破棄】計画はお二人が嬉々として企画していたという調査部からの報告があります。学園内で【婚約破棄】計画の話し合いをされている様子を見ていた生徒がいたようで証言が取れているんです。メモも押収していますから物証もあります。また婚約破棄した後にミルキアさんと【婚約】を宣言する予定も書かれていたので、これもマーク男爵が無関係だと主張するのには無理がある完全な証拠だと王室ではみています」

「そ、それは、その」

「あの、男爵。もういいんです」

「あ？」

私の言葉にマーク男爵はぽかんとした表情を浮かべる。

「証言も物証も確保されていて、王国を大混乱に陥れたことは明白ですし、王太子の婚約者である私や、リック王太子殿下を暗殺しようとしたことも、リック殿下自らがお調べになっています。罪状は国家転覆罪。並びに横領などの余罪も見つかっているので極刑は免れ得ません。なら、なぜここに私がわざわざ来たのかと言えば、廃嫡されたとはいえ、マーク男爵は義絶まではされておらず未だ王室に連なるお方。ならば自身の恥を忍び、自害されるかと思いました。

ですが、デルクンド王国は法治国家です。貴族としてその罪をしっかりと償い、極刑になることこそ、最期にあなたが出来るこの国への貢献だと思いました。だから自害を止めに来たんです。ただ、なぜかミルキアさんを殺そうとしていたのですが……」

「い、嫌だ、嫌だ！　死《じ》にたくない《にだくない》！　死《じ》にたくない《にだくない》！　助けてくれ！　嫌だ！　嫌だ！　嫌だあああ！」

「そ、そのすみません。さすがに国家転覆罪や王族暗殺を企てるような者を生かしておける法はありませんでした。せめて貴族として潔く自ら定めた法に則り、贖罪の機会を受け入れてください」

「ああ……。ああ……。ああああああ……」

オークの姿の男爵の目や口からだらだらと液体がこぼれる。

だが、もはや私にはどうしようもない。

廃嫡された時、極刑という案もあった中、一代男爵という貴族の身分を残したまま生きながらえることが出来たのに、その立場を自ら放棄してしまったのは、マーク男爵自身なのだから。

「次にミルキア男爵夫人さん」

先ほど夫に首を絞められていたミルキアさんは、やっと喋れる程度に回復したようだ。

「わ、私は殺されかけたわ！　私は【浮気】はしたかもしれないけど、殿下に迫られて無理やり関係を持たされたのよ！　つまり私は被害者よ！」

『初めて聞く話ねえ、はぁ。もう面倒だから捕まえちゃえば？』

女神様の呆れた声が聞こえて来た。

（い、いえ。いちおうちゃんと罪を償ってもらうために来たので）

『真面目ねえ。さすがヒロイン』

ヒロイン？　前にも聞いた天界の言葉だ。そう思いながら、ミルキアさんの言葉に対応する。

「あ、あの、無理やりとのことでしたね。その真偽は内心に係ることなので、確認のしようもありません。でも、先ほどの王国調査部の確かな情報によれば、少なくとも【婚約破棄】計画は二人で立てられていますし、その後の【婚約宣言】もお二人で立案されています。そこには正妃となった場合の、その、贅沢したい内容のメモなんかも残されていまして、無理やりだった、という主張に信憑性は皆無だと思います」

「酷いわ！　私がそんなに悪いって言うの⁉」

『酷い、逆ギレね……』

「あの、と言いますか。実はミルキア男爵夫人、あなたの方が罪状としては重いのですが、その自覚はありますか？」

「……え？」

ミルキアさんが呆気にとられた表情をする。

『やっぱり分かってなかったか。自分のしでかしてることを』

「あ、あの、ご自身の行動をもう少し客観的にご覧になられた方がいいかも、です。マーク男爵の犯した【浮気】や【婚約破棄】といった過ちは王国を窮地に追いやりました。ですが、そのどれもが相手がいないと出来ないことで、その共犯は間違いなくミルキア男爵夫人、あなたです。あ、あと、もしかしたらお忘れかもしれないですが、アッパハト子爵家の損害賠償請求の撤回請求や、アッパハト子爵家への謝罪請求も当侯爵家へ直接されていますが、あれも正当性がないばかりか、率直に言って、借金の踏み倒しと浮気の正当化という不法行為なんです。そ、それから、男爵夫人となられてからも、領地の税収を私利私欲のために散財していることも調査済みです。これはむしろ、マーク男爵よりも酷い状況だと伺っていますし。そして、今回の暗殺計画では、自分は安全な場所に匿われて黒幕として振る舞っているといっても過言ではない状況なんです。むしろ、状況証拠だけ見れば、ミルキア男爵夫人、あなたが今回の一件をそそのかしているようにすら見えるんですよ？　その自覚はありますか？」

『ていうか、単なる事実でしょ？』

「ち、違うわ！　私はやってない！　自分の手は汚してない！　こ、ここにいたのだって。そ、そうよ！　監禁されていたのよ！　私は被害者なんだから!!」

「そ、それはさすがに無理があるかな、と。どこにもカギはかかっていませんし、そこに散らばっているのは、持ってきたお気に入りの宝石ですし、着ているドレスはお気に入りの品ですよね？　テーブルには飲みかけのワインもあるようですし……。どちらかというと、私の暗殺計画を楽しみに待っていたとしか思えない物証しか残されていないような気がするのですが。あと自分の手は汚していなくても、暗殺計画に加担した時点で同罪なことくらいはご存じかと思います」

「ち、違う！　違う違う違う！　私は悪くない！　嫌よ！　死にたくない！　極刑なんて！どうして私がそんな目に遭わないといけないのよ！　理不尽じゃない!!」

ミルキアさんの絶叫が響き渡るが、私はこう言わざるを得ない。

「理不尽なのは。可哀そうなのは、あなたのような貴族を持ったアッパハト子爵領の領民であり、今回の浮気と婚約破棄で少なからず混乱した王国とその国民です。あなたではありません、ミルキアさん」

私はミルキアさんに罪状を言い渡す。

「ミルキア男爵夫人。あなたを国家転覆罪の首謀者の一人として極刑を命じます。またヘイムド王国との共謀や、横領など余罪は数え切れません。その罪はある意味、マーク男爵以上です。ゆえに厳しい尋問の末、貴族としての身分を剥奪の上、極刑となることで、最期に貴族としてその範を示しなさい。それが国王陛下の代理の名の下に、シャルニカ・エーメイリオスが命ずる処罰です」

これはもちろん、ジークス・デルクンド国王陛下から、いざという時はミルキア男爵夫人の罪状を決定してよいという代理権を与えてもらった上での決定である。

「う、うわあああああああああああああ！！！　いやあああああああああああああ！！！　私があああああああああああああ！！！　どうしてぇ平民なんかの卑しい身分にいいいいい！！！！！！！！！！！」

ミルキアさんは最後まで貴族らしからぬ、獣のような声を上げて捕縛されることを拒んだが、さすがに最後はリック殿下をはじめとする衛兵たちに取り押さえられた。

そして、オークと化したマーク男爵と共に、二人して獣のように暴れ、泣き叫びながら、獣のごとき咆哮を上げながら連行されて行ったのである。

『似たもの同士だったわねぇ』

どちらも獣めいているということだろうか？

女神様の言葉にそんな感想を抱きながら、私は連れてゆかれる二人を見送ったのだった。

◆恩赦はありません

【Ｓｉｄｅシャルニカ】


私は今王城の私室にいて、テーブルの前に座っていた。

私が王城にいるのは、リック王太子殿下の婚約者として、現在王城で妃教育の最終段階に入ろうとしているからだ。

テーブルの上には一通の手紙が置いてあって、私はそれを見つめていた。

今回の暗殺事件はデルクンド王国の貴族たちに驚きをもって迎えられた。

マーク・デルクンド元殿下とミルキア元子爵令嬢が、隣国へイムド王国のデモン侯爵と手を組み、第二王子リック王太子殿下とその婚約者たる私、シャルニカを暗殺しようとしたのだから。

なお、これだけのことをしたので、当然ながら両名とも既に王族、貴族の身分は剥奪され、今やただの重犯罪者である。

ただ、これら事件によって政治的に大きな変化が生じたかといえば、実はそんなことはなかった。

まずもって、今回の事件によって、マーク元殿下から王太子の身分を剥奪したことは正当であることが証明されたと言える。彼が王位に就かなくて本当に良かったと、北部貴族、南部貴族全員が口をそろえて言うくらいである。

その反動というべきか、リック殿下の人気は今やうなぎ上りだ。

マーク元殿下よりよほど常識人だ、という後ろ向きな評価もあるが、それよりも吟遊詩人が今回の彼の活躍を歌ったのである。

自らの婚約者であるシャルニカ（私のことなので面はゆいのだが……）を救うために自ら暗殺集団に潜入して、主犯のマーク元殿下を捕縛した物語は今や親が子に聞かせる英雄譚として大人気である。

また、この暗殺計画に加担していたヘイムド王国には相応の外交的圧力がかけられており、相当の賠償金を搾《しぼ》り取れそうだ。証拠はたんまりあるのだから。同時に、暗殺集団を指揮したデモン侯爵がまだ雲隠れしたままであるが捕まるのは時間の問題だろう。

さて、そんな大人気なリック殿下に嫁ぐことに、南部貴族は喜んでいるのは当然として、北部貴族も喜んでいた。

というのは、そもそも今回の婚約破棄事件がなければ、私が第一王子のマーク元殿下と結婚していたのであり、それが第二王子のリック殿下に代わっただけで、北部貴族に特段の損失はないのだ。それより彼らが喜んだのが、北部の資源を狙っていたヘイムド王国に対して外交的に強力な攻撃材料を今回リック殿下が提供したからである。

彼らは南部貴族のことを、少し気に食わない相手、くらいに思っているが、ヘイムド王国のことは、口にするのも嫌な相手なのである。

そんなお土産を北部貴族にもたらすことが出来たおかげで結婚は近くスムーズに進むと思われた。

そう。

ただ一点を除けば。

テーブルの上には官吏より厳重な取り扱いを経て、私に届いた嘆願書がある。

それは一通だが、もう何通も同じことが書かれた内容のものが届いていた。

筆跡はマーク元殿下のものだが、署名はミルキアさんとの連名である。

なぜ、そんなものが届くのかと言えば、私がどのような内容のものであれ届けるように伝えたからだ。

極刑という罪状が既に確定した二人とは言え、誰であれ、そこには様々な思いや、犯罪に至った経緯がある。そして、それだけのことをしたとは言え、処刑されるまでの間、絶望に苛まれる日々はとてもつらいものだろう。

だから、せめて彼らが処刑されるまでの間、書面を通してのやり取りは許可するよう、特別に計らってもらうように、国王陛下にお願いをしたのである。

国王陛下には「大馬鹿息子を最後まで思ってくれてありがとう」と涙ながらに感謝されるという過分なお言葉を頂いてしまった。

なお、リック殿下にもそのことを言うと、ちょっと眉根を寄せられ「マーク兄さんに未練があるのか？」などと聞かれた。私が思いもしないことを言われたので、ハテナマークを浮かべていると、なぜか顔を赤くされて「す、すまない、忘れてくれ！」と焦った様子でおっしゃられた。いつも冷静な方なのに珍しいものが見れたと思ったものだ。その上で「そこまでする必要があるのか？」とおっしゃっていた。

ちなみにリック殿下は私にとても優しい方なので、つい同じ女性であるミルキアさんのことは気にならないのか、と聞いたが「自業自得だろう」と意外なほどバッサリだった。

さて。

それはともかく、その届いた手紙なのだが、中身は常に同じで、内容は嘆願書なのだった。

これは私が想定していたものではなかったので、少しびっくりした。

私が想定していたのは、例えば、学園生活での思い出話であるとか、ミルキアさんとのお話であるとか、あるいはマーク元殿下らがどうしてああいった暗殺計画に至る思いつめた心境に至ったのかとか、今の胸中の述懐などがしたためられて送られてくるのだと思っていた。

しかし、送られてくる内容はいつも同じで、その内容というのは、私とリック王太子殿下が近く結婚することによる【恩赦】による助命嘆願なのであった。

確かに、リック王太子殿下が結婚すれば恩赦は行われる。

それは基本的には広く刑罰を消滅ないし減じるものだ。

デルクンド王国をはじめ、多くの国において恩赦は一般的に行われている。

特に今回は王太子の婚姻という最大級の慶事であるため、特赦という、最も大きな恩赦の制度を執行する予定だ。

そのことを踏まえれば、マーク元殿下やミルキアさんの助命もありうるのだ。

しかし。

私は長い長い間、悩んだ末に筆を執った。そして、官吏へ、もう彼らの手紙は今後届けないように言いつけたのである。

『マーク様、並びにミルキア様。今回のリック・デルクンド王太子殿下と私シャルニカ・エーメイリオスの婚姻について喜びの声を幾度となく届けていただいたこと、とても嬉しく思います。その上で、お手紙に書かれていた恩赦について伝えます。今回は王太子殿下の婚姻という最高の慶事であるので特赦を執行するつもりです。本来重罪を犯した者にも減刑を適用しうる余地のある勅命となります。しかし』

私は迷いなく続きをしたためた。

『どのような理由であれ、隣国へイムド王国と共謀して王太子殿下とその婚約者を狙った暗殺計画に加担するという国家転覆罪、内乱陰謀罪、横領などは特赦をもってしても許されざる罪状であるとの観点から適用することは出来かねます。お二人におかれましては元王族、並びに元貴族として法に則り、潔く処刑を受け入れることで最期に少しでも王族、貴族としてのあり方を思い出していただきたく思います。それだけが私があなたたちにしてあげられることだと愚考します。以上です。今後は手紙の取次は禁止します。これが最後のやりとりとなるでしょう。女神へカテの加護のあらんことを』

その手紙を封蝋でとじて、官吏へ渡した。

今日中には彼らの手元に渡ることだろう。

せめて、自分たちのしたことを悔い改めて、より良い来世を迎えてほしいと思う。

その夜、王城の地下から私を呼んで泣き叫ぶような声が聞こえて来たような気がした。

ただ、その時私はいつもより強引なリック殿下に翻弄《ほんろう》されていて、それどころではなく、その声を気にすることはついぞなかったのである。

◆断罪　～公開処刑される元王太子と元子爵令嬢～

【Ｓｉｄｅシャルニカ】

「い、いやだあ！　助けてくれ！　お、おい！　貴様ら、僕を助け出せば褒賞を出すぞ！　お前らのような一般庶民が一生贅沢が出来るだけの金だぞ!!」

「私は悪くない！　いやよ！　死にたくなぃ！　呪ってやる！　私をこんな目に遭わせた世界を呪い殺してやるう!!」

広場には人だかりが出来ていた。

それはギロチンによる公開処刑が執り行われるからである。

刑に処されるのは、マーク・デルクンド元王太子殿下、そしてミルキア・アッパハト元子爵令嬢で、既に二人とも王族または貴族の地位を剥奪されている。マーク元殿下は毒の刃を受けたことで体は豚のように膨れ上がり、肌の色も赤くなってしまっている。自慢されていた容姿も今は見る影もない。同時にミルキアさんも辺境での暴飲暴食や、その後の牢屋での生活のストレスからか、髪の毛は艶を失い、皺は増え、一方で食事だけは大量に摂っていたためか体はぶよぶよとして全体として不潔な状態に見えた。服は二人とも粗末な囚人服である。

この刑の執行方法については、国王陛下や王妃殿下、並びに重臣たちの間でも深夜に及ぶ議論が行われた。

とりわけ、重罪を犯したとはいえ、自分の息子の処刑方法を議論した陛下たちの苦悩は拝察するに余りある。

だが、賢王と名高い陛下だけあり、気丈にも議論ではご発言され、そして最後には自ら決断をされた。王妃殿下もやはり気丈に同意されていた。

自分の息子を処刑するのに抵抗がないわけがないのに、王族としての責任をやり遂げられたのだ。

ご立派としか言いようがない。

その方法は長らく行われていなかった、ギロチンによる公開処刑であった。罪を広く国民に知らしめるとともに、記憶にとどめ、今後の同様の犯罪を未然に防ぐための措置として、この処刑方法が選択された。なお次点では毒杯を仰ぐというものであった。

しかし、今回の隣国へイムド王国と共謀して、廃嫡されたとはいえ元王太子とその夫人が、国家転覆罪、内乱陰謀罪、その他余罪の数々を犯した事実は、どう控えめに言っても、デルクンド王国史に残る前代未聞の事件である。

ゆえに、今後もこうした事件の再発を可能な限り将来に亘って排除することが第一義とされた。そのためには歴史書や判例に残る方法で処刑し、出来るだけ重罪の末路という象徴的な出来事として歴史に残す必要があった。

その意味でギロチンは派手ではあるが毒杯などよりもよほど苦痛が少なく、一方で象徴的であり、歴史書にも国民の記憶にも残りやすい方法である。

残酷に過ぎるという意見も一部の官吏からは出たが、将来の禍根を断つためにはやむを得ないというのが最終的な結論になったのであった。

私の感情としては、そうした形で命が喪われることは悲しいし、助命をしてあげたいとも思う。一方で、貴族としては、今後こういった国家の安寧を脅かし、他国と手を結んで内乱を起こして国民の命を危険に晒そうとする者を二度と出さないためにも、今回の措置は必要悪であると理解するのだった。

出来るならば、マーク元王太子殿下、並びにミルキア・アッパハト元子爵令嬢が、その自分たちの元王族・元貴族としての最期の役割を理解し、粛々《しゅくしゅく》と刑に臨んでほしいと願っていた。

だが、現実はやはりそう簡単ではない。

王族、貴族の責任より、恐怖に負けたのだろう。

マーク元王太子殿下は衛兵に連行される際も、金で命を助けろと民衆に喚き散らす始末であり、同様にミルキアさんも元貴族令嬢としての振る舞いを忘れたように呪いの言葉を口にしていた。

私は思わず駆け出していた。そして、壇上の死刑囚である二人を見上げれば会話が出来るほどに近づいた。

「シャルニカ!? 余り近づいては危険だ!!」

その行動に、同行していたリック王太子殿下も驚き、心配をしてくれる。最近の殿下はなぜか私にとても甘いのだ。他の女性には冷たいくらいなのに不思議である。

ただ、今の私はそんな彼の優しさに幸せに浸っている暇はなかった。

なぜなら、今回の公開処刑は、事細かく記録に残り、なおかつ民衆の記憶にも残るだろう。だとすれば、彼らの言動の最後がこのような罵詈雑言の類で、元王族・貴族としてあるまじきもので良いはずがなかった。

別段、窘《たしな》めようとしたわけではない。何が出来るとも思ってはいなかった。ただ、彼らの今の言動の根本理由は恐怖だ。なら、私と会話をすることで、彼らの恐怖を幾分でも和らげることが出来ればと思い、体が自然に動いたのである。

「僕は王族だぞ! お前らのような一般庶民が一生贅沢が出来るだけの金をやるって言ってるんだ! いいから早く助けろ、この愚鈍ども!!」

「あ、あの。マーク元殿下。それくらいでおやめください」

「なんだと!? あ、お前はシャルニカ!!」

彼は目を剥くと、私に悪口を向けてきた。

「よくも僕にこんな恥辱を与えたな！　ギロチンによる公開処刑だと⁉　地獄におちろ‼　この魔女が‼」

ありったけの憎悪をぶつけてくる。

追いかけて来たリック殿下が私を守ろうと、後ろに隠そうとしてくださるが、彼の身体はマーク元殿下とは殊更違って鍛え抜かれたほっそりとした長身だ。そのため小さな私は本当に後ろに隠れてしまって会話が出来なくなる。なので、ご好意だけ頂くことにして、前に進み出て会話をすることにした。すると今度はリック殿下はいつでも剣を抜けるような体勢で私を背後から守ろうとしていた。そ、そこまでご心配頂かなくても大丈夫ですから。

私は気を取り直してマーク元殿下との会話を続ける。

「あ、あのマーク元殿下。今回の事態を起こしたのは、間違いなくマーク元殿下とミルキアさんです。恥辱と言われましたが、恥辱とはマーク元殿下の犯された犯罪そのものです。このギロチンによる処刑は、今後王族や貴族の中にそうした恥辱を犯す者が無くなることを目的に行います。つまり、元殿下が犯した恥辱を雪ぐために行うのですよ？」

「僕が恥辱だと⁉」

「あの、その。はい、そうです。その点に関しましては、国王陛下も王妃殿下も、重臣たちも私たちも、特に議論の余地を認めていませんでした。国家転覆罪に、内乱陰謀罪。しかもヘイムド王国と共謀しての売国行為ですので。これを王族の、しかも元王太子が犯したのです。国政を預かる王家として恥辱を感じなければ、他の何に恥辱を感じるというのですか？」

「ち、違う！　僕は国を良くしようと思って、ヘイムド王国と協力しただけだ！　断じて売国行為に加担なんてしてしていない‼」

「だとすると、マーク元殿下は単独でリック王太子殿下やその婚約者である私を暗殺しようとしたということになります。他国に唆《そそのか》されたのではなく、独断での暗殺計画の立案と実行をされたということでしょうか？」

「え、えっと。違う！　そ、そうだ！　ヘイムド王国のデモン侯爵に騙された！　そう、操られていたんだ！　だから僕は無実だ！　なぁ、助けてくれ、シャルニカ！　助けてくれたら幾らでも金をやるぞ‼」

「あ、いえ。金品は結構です」

というか、最近リック殿下が毎週一度は何かプレゼントをくれるのだ。リック殿下にもらうとなぜかとても嬉しいが、マーク元殿下からもらっても嬉しくないだろう。なのでいらない。

会話を本筋の部分だけに絞って返答する。

「デ、デモン侯爵に操られていたとおっしゃいましたが、尋問の際は、侯爵のことについても簡単に口を割られてお話しされたと聞いています。実は操られている可能性は考慮されていたんです。しかし、普通操られている場合、その操っている者の名は明かせない暗示をかけるのが普通です。ですがマーク元殿下はあっさりと口を割りました。これは自分の意思でヘイムドド王国デモン侯爵と共謀して暗殺計画を実行した証拠となります」

「え、えと。そ、その。う、うあああああああああああ！！」

マーク元殿下の絶望した絶叫が響き渡る。

本当は粛然とした形で刑を受け入れてほしかったが、民衆をお金で抱き込こもうとするような元王族としてあるまじき行為がなくなっただけで良しとするしかない。

すると次は、

「シャルニカ！　あんたのことは絶対に許さないわ！　呪ってやる！　呪い殺してやるから!!」

呪詛の言葉を吐くミルキアさんが、恨みのこもった瞳で私の方を見ていた。

「くだらんな。お前がシャルニカを呪う前に、俺の手で処断してやろうか？」

リック殿下が私を守ろうとしてくださる。

リック殿下は真面目な性格なので、婚約者の私以外の女性にはとことん冷徹なのだ。

ただ、少し彼女とも会話をしたい。呪詛の念を吐きながら処刑されるのも、やはり元貴族としての立ち居振る舞いとして相応しいとは言えないからだ。

彼女もまた恐怖によって混乱しているのだろう。

だから、私と会話をすることで少しでも恐怖が和らげば、その言動も元の貴族令嬢としてのものに戻ると期待する。

「あの、ミルキアさん。別に私を呪ってもらって構いませんよ？」

「なんですって⁉　馬鹿にして⁉　私は誇り高き子爵令嬢なのよ‼」

別に馬鹿にしている訳ではない。また奪爵されてはいるが、元貴族令嬢なのは間違いなので、子爵令嬢を自称することもあえて否定しない。

ただ。

さっきああ言った理由を、ちゃんと説明することにする。

「あの、ミルキアさん。牢屋にいらっしゃったので知らないと思うので、ショックかもしれません。言わないでおこうかと思いましたが、大事なことなので伝えます。アッパハト子爵家はお家取り潰しになりました」

「は？　な、なんですって⁉　く、くそ！　あ、あなたが損害賠償請求なんてするから‼　どうしてくれっ……！！！」

「え？　あ、いえ、それとは無関係です」

「……るの‼　って、は？」

本当に見当もつかないのかな？　と純粋に疑問を覚えながら説明する。

「その。今回のお家のお取り潰しは、ミルキアさんが暗殺計画に加担していたことが明らかになったことで、領民が愛想をつかして領内から逃げ出したことによります」

「わ、私のせいだって言うの⁉」

「そ、そうですね。申し訳ないのですが、そうとしか言いようがありません」

「シャルニカ。こんな女に謝る必要はない」

本当にリック殿下は私以外の女性にはとことん冷徹です。それはともかく。

「しかし、領民が減ったことで収入が減ったため、元々重税だった税金を更に重くしました。結果、日々の生活にも苦しむ領民が続出したのです。仕方なく故郷を捨てた領民、飢えに苦しんだ領民がたくさんいます。私を呪い殺すのは結構です。ですが、その時には、ミルキアさん、あなたには領民たちの受けた塗炭の苦しみを受ける覚悟があるということでしょうね？」

「うう……」

「ともかく、そんな状況となり、領地運営がもはや破綻していたアッパハト子爵家はその責任を問われてお家お取り潰し。領地は相談の上、ハストロイ侯爵家の次男ケリー様が相続することになりました」

「そんなの乗っ取りじゃない！　返してよ！　私の領地を返せ‼　この魔女が‼」

「えっと。はっきり申し上げてミルキアさんではあの領地の経営は難しいかと思います。辺境ラスピトスでの運営は酷い有様でしたよね？　もちろん、マーク元殿下の責任もあります。しかし、あなたが行った横領や民に行った横暴な振る舞い、重税などは証拠もそろっています。アッパハト子爵領のみならず、ラスピトス領の民たち十万人からの呪いを受けるのなら私を恨んでいただいても結構です」

「お前は地獄に堕ちるのがお似合いだ。少しでもその罪を償え。シャルニカを暗殺しようとしただけでも万死に値する」

リック殿下が言った。私には向けられたことのない厳しいお声だ。

「だから、ミルキアさん。この処刑はせめてもの禊《みそぎ》なのです。苦しんだ領民はあなたを呪うでしょう。ですが、今後そういった同じ苦しみを生み出さないためにも、ここで潔く元貴族としての振る舞いをして、法の裁きを受けてください」

「そ、そんな……。そんな。私はただ、王妃になりたかっただけなのに……」

「いたずらに民に苦役を強いる為政者に、王妃は向いていないと思いますが……」

私のその言葉に、ミルキアさんはガクリとうなだれたのだった。


そして、日が高く昇った。

刑は晴れた日の、陽光が最も差し込む時刻が良いとされる。

女神へカテが太陽を好むという逸話からだ。

「せめて、次の人生では悔悟の山を登ることなき人生を」

牧師様の言祝《ことほ》ぎが終わると、速やかにギロチンの断頭台へ、拘束されていたマーク元王太子殿下とミルキア元子爵令嬢が連行され、その首を木枠へと嵌め込まれた。

「嫌だ！　やっぱり嫌だ！　助けてくれえええええええ!!」

「嫌あああああ！　私は悪くない!!　嫌だあああ！！！」

二人が今際《いまわ》の際《きわ》に泣き叫ぶ。

死の恐怖に抗うのは難しいのかもしれない。

「見て大丈夫か？」

「大丈夫です。それに処刑されるのは彼らですよ？」

「まあ、そうなんだが。斬首でショックを受けないか、君の方が心配だ」

おかしな人だ。処刑される二人よりも、私の方が心配らしい。

二人の阿鼻叫喚《あびきょうかん》は続いている。

だけど、そんな二人の泣き叫ぶ声は長くは続かなかった。

ギロチンがつながれていたロープを処刑官が剣にて切断したのだ。

三日月形のほんの四十キロ程度の刃はどのような人間の首であれ、苦痛なく斬首する。ゆえに貴族専用の処刑道具とされている。

それを見ていた大衆からは拍手と喜びの声が上がった。

こうして、王国始まって以来初めてとなる、隣国と共謀した元王太子とその夫人による国家転覆、内乱計画は終幕を迎えたのだった。

二人の名は永遠に歴史に残り語り継がれることだろう。それがこの国の王族、貴族の行った悪しき例として、私たちの反面教師となり続けることだろう。

ゲーム開始【5】時間目.

溺愛

◆溺愛①

【Ｓｉｄｅリック王太子（溺愛ルート）】


さて、兄マークとその妻ミルキアの件が片付いてからというもの、俺もシャルニカも忙殺されていた。

王位をじきに継ぐということもあって、俺は俺で激務であった。

今までのように出来るだけ目立たず、元王太子マークの戴冠を大人しく待ち、武芸に専念していればよい立場ではなくなった。

ただ、幸いながら文武両道を旨としていたことから、基本的な教養を修めていたおかげで、最初の頃は多少難しいと感じていた仕事も、今では瞬時に決裁出来るようになっていた。

部下たちからも陰で超人的なスピードだと言われているらしい。

「いや、違うな」

俺は若干、口元をおさえて表情を周囲に気取られないように注意しながら微笑む。

俺がこうして仕事を超人的なスピードで終わらせるようになった理由は一つしかない。

「さっさと仕事を終わらせればシャルニカに会える」

それだけが、俺が仕事のスピードが速くなった理由だ。

今日も一日かかるであろう大量の決裁資料を、猛烈な集中力でやり遂げた。

周囲の部下たちは驚愕して賞賛の声を上げているが、それさえもどうでも良かった。

俺の愛おしい彼女に会いに行かなくてはいけないからだ。

俺はそう思うと、時間が惜しいとばかりにすぐに席を立ったのであった。


「ん？　あれは……」

俺がシャルニカの王城での私室に向かって歩いていると、メロイ・ハストロイ侯爵令嬢が、彼女の私室からちょうど出てくるところに出くわした。

あまり興味もないので、簡単な挨拶のみをして通り過ぎようとしたが、彼女に袖を掴まれた。

「離してもらえないか？」

「少しお話ししたいことがあるのですが？」

彼女は氷の美貌と称えられるその美しさや、髪の色も薄いブルーで真っ白な肌と神秘的な容姿をしているのが特徴的だ。

ただ、

「俺にはない。どこかへ行ってくれ」

俺には何の感慨もない。俺の目にはシャルニカ以外はどんな女性も特に魅力的には映らないのだ。

そんな俺の態度に気分を悪くした様子もなく、彼女はただ淡々とした様子で肩をすくめる。

「愛妾《あいしょう》はご入用ではないですか？　というご相談だったのですが、これはダメっぽいですね。あのマーク元殿下は簡単でしたのに」

シャルニカの素晴らしさを分からず、しかも彼女を卒業式という晴れの舞台で婚約破棄した男など、些《いささ》かも興味はない。

「何を彼女と話していたかは知らんが、変な真似はするなよ？」

「それはご心配なく。今回も良いお話し合いでした。それにしてもシャルニカ様は本当に素晴らしい方ですね」

そう言って彼女は悠々と去って行く。

些か足取り軽く、といった様子だが、シャルニカと一体何を話したのだろうか？

そう思いつつ、扉をノックした。

「はい、どうぞ」

「俺だ。暇なら少し話でもと思ってな」

「ええ!?　リック殿下ですか!?　あの、お仕事の方は？」

「終わらせてきた」

「い、いちおう仕事量は将来の王太子妃として把握してるつもりなのですが、あの量をですか⁉　一日で終わらすのも難しい量なのにリック殿下は凄いですね！」

「そうしないと、君に会えないだろう？」

そう率直に言うと、ドンガラガッシャンとけたたましい音が部屋の中から響いてきた。

「だ、大丈夫か？」

「だ、大丈夫です……。ただ、その。そういうのに、まだ、ちょっと慣れていないもので……」

「？」

まぁ、そうした軽いトラブルはあったが、無事に入室して世間話をすることにした。

テーブルには飲み終わったカップが置いてある。メロイ侯爵令嬢のものだろう。それを見た俺の視線に気づいて、シャルニカがメロイ令嬢が来ていたことを伝えてくれる。

正直、別に興味など一切ないが、自然と彼女の話になった。出来れば今度シャルニカにプレゼントを選びたいので、今欲しいものなんかをそれとなく聞きたかったのだが。

「メロイ侯爵令嬢はどういった用件だったのだ？」

「あー。えっと、実は私がお呼びしたのです」

「そうなのか？　あのメロイ侯爵令嬢を？　危なくはないか？」

「えっと、とても分かりやすい方だと思いますよ。危険視する必要はないと思ってます」

そうなのか。

牝狐の印象がぬぐえないのだがな。

「どういった話をしていたのだ？」

「あー、そうですね。うーん。結構政治的なことなんですが……」

彼女は言うか迷っている様子だった。

俺は正直その言葉にショックを受ける。

政治的なことならば俺に相談してくれて良いはずだ。それなのに、まずメロイ侯爵令嬢に相談したのだ。

「それは俺が頼りないということか……？」

つい落ち込んだ声を出してしまう。

社交界では鉄壁の武人と言われる俺が、シャルニカの一言でこれほど気落ちしていると知ったら、みんな驚くだろう。

「確かに俺は頼りない猪武者だ。剣の腕前しか誇るものがない。君の婚約者として力不足だったな。自分を見つめなおすために旅に出てくる」

とりあえず山籠もりでもしてこよう。

そこで己を見つめなおし、もっと頼れる男になって帰ってこよう。

それしかこの絶望に打ち克つことは出来ないだろう。

と、そこまで思いつめていると、シャルニカが慌てた様子で手を左右に振った。

「い、いえいえ！　違います！　あー、そうですね。あの、め、女神様の神託があったんですよ!!」

「女神様？　女神へカテ様か？」

「そ、そうです。ちょっと夢の中の話みたいなものなので相談もできなくて……」

なるほど。そういうことか。俺は胸をなでおろす。信頼されていないわけではなかったようだ。

それに夢の中のご神託ともなれば相談しづらいのも理解できる。

いつの間にかさっきまであった胸中を占めていた絶望感はどこかへ行ってしまっていた。

「その内容というのは？」

「は、はい」

彼女は頷くと、夢の中のお告げの内容を話してくれた。それは、

「ヘイムド王国使節団のデモン・サルイン侯爵の潜伏場所についてです」

驚くべき情報なのであった。

だが、それでメロイ・ハストロイ侯爵令嬢を呼んだ意図が分かった。

ハストロイ侯爵家は北部貴族の代表であり、ヘイムド王国と長年にわたり直接敵対している貴族である。

ヘイムド王国が今回仕掛けて来た俺たちへの暗殺計画は、北部貴族の持つ資源を狙った内乱《ないらん》幇助《ほうじょ》に他ならず、その首謀者であるデモン侯爵への恨みは大きい。

その居場所を伝えることは、北部貴族へ恩を売ることにもなり、王国としての利益にもかなう。

「さすがシャルニカだな。君こそ王妃に相応しい」

「そ、そうでしょうか？　絶対メロイ様などの方が相応しいと思うのですが」

だが、俺は首を振り、彼女に顔を近づける。

もう何度もしているというのに、彼女は慣れないのか、ぎゅっと目をつぶってしまう。それがまた可愛らしい。大事な存在だ。だが、その可愛さの余り、いつも少々やりすぎてしまう。

今日はちゃんと気を付けなくては。

「王太子の俺が好きなのは君だけだ。他には誰もいらない」

俺はそう言って彼女の恐々として引き結んだ可愛らしい唇に、軽いキスをしたのだった。

その後、俺の理性が勝てたかどうかと言えば、またもや敗北を喫してしまったのだが。

◆溺愛②

【Sideリック王太子（溺愛ルート）】

さて、とある日のこと。俺が王城の庭を仕事の息抜きがてら散歩している時のことだ。

同じく散歩しているシャルニカを見つけた。城の庭園は相当広く、彼女はかなり離れた場所にいる。

だが、なぜか彼女だけはどこにいても居場所が分かるような気がするから不思議だ。

彼女は奇麗な金髪を風になびかせてゆっくりとした足取りで歩いている。

俺の愛しい人は、いつもながら俺を幸せな気分にさせてくれる。

こうした経験は他に出会った女性からは一切感じたことはなかった。それは生涯変わることはないだろう。

そう言えば、先月などはメロイ侯爵令嬢と廊下ですれ違ったことがあり、『愛妾』はどうかなどと誘いを受けた。

社交界では麗しい女性とのことだが、俺は眼中に全くないのでにべもなく断った。

そのことは、後日シャルニカにも報告してある。

ただ、その時のシャルニカの反応は意外なものであった。

「側妃としてお迎えいただいても私は良いのですよ？」
と言ったのだった。
俺は驚くと同時に酷く落ち込んだ。絶望したと言って良い。
メロイ侯爵令嬢に興味がないことはもちろんである。しかし、それよりも、何よりも、俺が
メロイ侯爵令嬢と付き合っても平気なのだとすれば、それはすなわち、シャルニカが俺を男と
して見ていないという証拠である。
まさか他に好きな男がっ……！？！？！？！？！
ちなみに、その日の剣の稽古は荒れに荒れてしまって、部下たちが怯え切ってしまった。
反省した。
どうしても、彼女のことになると、平常心を保つのが難しくなる。
ただ、幸いなことにそれは誤解だとすぐに判明した。
彼女の発言は王室のことを考えた政治的な意図だったからだ。（当たり前だ）
「政治的なバランスを考えますと、北部貴族から側妃を迎えておくことは理にかなっています
ので」
なるほど。そういうことかと納得する。あくまで政治的な配慮で行った発言であり、俺への
好意がないわけではないのだ。そう思うと嘘のように胸に去来していた絶望感が去って行った。

「俺が愛するのは君だけだシャルニカ。他の女性には微塵《みじん》も興味はない」

「そ、そ、そうですか。あ、あの、あ、ありがとう……ございます」

彼女は顔を真っ赤にする。

何度も告げている事実なのに、今だに照れるところがとても可愛らしい女性だと思わずにはいられなかった。

と、そんな思い出に耽っているうちに、彼女との距離が近くなってきた。

だが、そこで俺はショッキングな光景を見ることになる。

なんと彼女の隣に美しい銀髪の青年がいたからだ。いかにも精悍な面構えであり、身体は浅黒くよく鍛えられているのが分かる。

そんな男とシャルニカはとても親しそうな雰囲気で談笑しながら、日向をゆったりと歩いているのだ。

なんということだ。彼女の魅力に気づいた別の男が近づいたのだろう。見たことのない男だが、誰であれ、そこは俺の場所だ。彼女の髪の毛一本であろうと触れさせたくない、というのが俺の偽らざる気持ちなのだ。

だから俺はただちに彼女とその男の元へと駆けつけたのであった。

いざとなれば決闘をしてでも、二度と近づかないと誓約を交わさせようと考える。

「あっ、リック殿下。偶然ですね。とても気持ちの良い日ですね」

彼女は上機嫌なようだ。

くっ。俺という者がいながら、他の男といることに何の後ろめたさもないとは。やはり猪武者である俺は嫌われてしまったのか⁉

そんな絶望感を抱きながら、何とか表面上は挨拶をする。ただ、いつもならば幸せを感じる挨拶も、今は隣の男が気になりすぎて、自分でも何を言っているのか理解できないほどだ。

「ああ、シャルニカ。良い天気だな。ところで隣の男性だが、決闘を申し込みたい。日時は五分後だ」

「で、殿下⁉」

し、しまった。彼女の隣に俺以外の男性が立っているというだけで、内心で思っている決闘という単語を口に出してしまっていた。

だが、俺以外の男を排除するのに躊躇はいらない……。などと考えていると、その男性は礼儀正しく最敬礼する。

「いつも姉がお世話になっております。リック・デルクンド王太子殿下。ベル・エーメイリオスと申します」

ん？

今、何と言った？

俺がぽかんとしていると、シャルニカが微笑みながら言った。

「もう、殿下ったら。ベルは弟ですよ。将来はエーメイリオス侯爵家を継ぐのでご挨拶に伺ったのです。マーク元殿下には、当然ご挨拶はしておりましたが、リック殿下は社交界に出ることが少なかったために、まだご挨拶出来ていなかったと思ったので城へ呼んだのです」

「そ、そうだったのか」

俺はホッとするのと同時に、自分のしでかしたことが恥ずかしくなってくる。弟と歩いているのを、他の男性が近づいたと思って、無意識のうちに排除すべく決闘まで申し込んでいたのだから。

きっと気分を害したことだろう。

「すまない。気が動転していた」

と素直に謝る。

だが、ベル侯爵令息は、どこか姉にも似た柔らかな笑みを浮かべて言った。

「いえ、姉の婚約者がリック王太子殿下で本当に良かったと、今まさに確信したところです。姉さんもこんなに愛されて幸せだね」

「や、やめてよ。外では恥ずかしいから。それに殿下にも失礼ですよ」

「そうかな？　殿下、姉はこんなことを言っていますが、殿下のことを本当に好きなんですよ？　例えば……」

「ふわー⁉　や、やめなさい‼　それ以上言ったら打《ぶ》ちます‼」

どうやら仲がとても良い姉弟らしい。

少し羨ましいと思うのは、さすがに嫉妬が過ぎるだろうか？

しかし、仕方ない。

それくらい俺は彼女のことを愛しているのだから。

「そうだ。もし宜しければ、リック王太子殿下もご一緒しませんか？　姉がお弁当を作ってくれたようなので」

「ほう。それは手料理ということか。ぜひ同行させてもらうことにしよう」

「良かった。姉は殿下と外でランチしたいと思っていたみたいなんですが、恥ずかしくて言いだしかねていたんですよ。というわけで、少しお手伝いさせていただきました。ご安心ください。僕は途中で退散するので、お邪魔虫にはなりませんから」

「ほわわー⁉　ち、ちょっと、ベル‼　本当に恥ずかしいからやめて～」

おお、そうだったのか。

ベル侯爵令息。いや、ベル君はかなり気の利く男のようだ。

ああ、そうだ。実は俺は彼女へ何かプレゼントしたいと思っていたのだが思い悩んでいたのだった。ただ、彼女には高価な宝石やドレスなどを贈っても、それほど喜ばないようで、どうしようかと思っていたのだ。

そのことを相談してみよう。

「ベル君と呼んでも？　いや、実はな彼女へのプレゼントをどうしようか悩んでいるのだ。王国のどの仕事よりも難解でな」

シャルニカには聞こえないように相談をする。すると、

「ああ、それでしたら、今度こっそりお教えしますよ。ここでは聞こえてしまうかもしれませんからね」

「おお！　そうか。ありがとう。王国調査部に探らせようか真剣に検討していたのだ!!」

「そ、それは凄いですね。愛されてるな～、姉さん」

若干、苦笑いをされているような気もするが、気にもならない。

シャルニカに贈るプレゼントを相談できる有力な相手が出来たのだから。

俺は今度こそ高価な宝石やドレスに勝るプレゼントを贈ることが出来そうだと、上機嫌で彼女の作ったお弁当を食べて存分にランチの時間を楽しんだのであった。

◆溺愛③　～舞踏会～

【Ｓｉｄｅリック王太子（溺愛ルート）】


さて今日、俺は王太子として社交界に出ていた。

王室が開催した舞踏会であり、大規模なものである。

特に、俺自身は本来王太子になる予定ではなかったことや、出来るだけ王位に興味があるような素振りをしないことを求められていたため、社交界自体に余り出てこなかった。

しかし、俺が王太子になってしまったため、逆にこうした舞踏会への参加は必要不可欠なものとなった。

出来るだけ多くの貴族たちと話をし、その人物の性格や思想、誰が誰と親しいのか、あるいは敵対しているのかを肌で感じ取らねばならない。

もちろん調査部の情報があるが、自分で実際に出会って話した人物の印象というのは得難い情報源である。

とはいえ、俺は今朝からそわそわしっぱなしであった。

王国一の剣の使い手と謳われ、大陸でも最強と言われている俺が、こんな様子なのを部下に見られたらきっと驚かれるに違いない。

だが、仕方ないのだ。

舞踏会では当然だが、俺の婚約者であるシャルニカもそれなりに着飾ることになる。

彼女自身は高価な宝石やドレスを好む女性ではないが、俺はどうしても自分の気持ちを伝えたくて、迷惑だと分かりつつも、そうした品を贈ってしまう。

今日は幸いにも俺の贈ったドレスの中から一着を選んで着てくれていた。

スカート部分はチュールやレースを何重にも重ねて優雅さを引き出しており、胴の部分は全体的に控えめだが見る者が見れば細かい刺繍がほどこされていることが分かる作りにしてある。襟《デコルテ》はシャルニカが他の男に見られるのが嫌なのでシンプルな形状にしてある。髪にはルビーやサファイアを上品にちりばめたティアラをつけ、反対に首には小ぶりなネックレスをつけてくれた。

これらはすべて俺が勝手に贈りつけたものだ。

「本当に奇麗だ、シャルニカ。このまま二人でバルコニーでゆっくりしたいところだ」

「あ、ありがとうございます。リック殿下。あの、でも私より他にお奇麗な方が沢山いらっしゃいますが」

「ん？」

俺はその言葉に広々とした王城の舞踏会会場をぐるりと一望する。

「どこにもいないようだが？　正直、君以外は見えていない。本当によく似合っているよ」

「リ、リック殿下ったら……」

そう言って顔を真っ赤にした。やはりシャルニカが一番かわいい。

さて、ずっとこうして俺の愛しい婚約者と話をしていたいところだが、俺も彼女も来客たちをもてなすという仕事がある。

「さっさと片づけて二人の時間を取るとしよう、シャルニカ」

「は、はい」

俺が微笑むと、彼女も頷いてくれたのだった。


「ふぅ、やれやれ疲れたな」

俺たちは一時間以上にも亘り、順番に挨拶をしてくる貴族たちの相手をしていた。だが、おかげでやっとその行列も終わった。あとは自由に過ごせばよい。

「あ、あの、私ジュースを貰って参りますね、殿下」

「ん？　シャルニカ。それだったら給仕が運んできてくれるのを待つから……って、行ってしまったな」

俺は苦笑する。

仕方ないので彼女の帰りを楽しみに待とうと決意する。

と、その時。

「リック王太子殿下、お暇ですか？」

「宜しければ向こうでお話などいかがですか？」

「少し酔ってしまって。静かな向こうのお部屋など良いかと思うのですけども」

そう声を掛けてきた令嬢たちがいた。

「すまないが、人を待っているのでね」

俺はにべもなく断る。

「あ、あはは。殿下ったらにべもない。いいじゃないですか、少しくらい。それに、どうですか？　お疲れでしょう、少し羽目を外されても罰は当たりませんよ？」

一人の令嬢が俺の腕に手を絡めて来た。

「ふむ。ではこうしようか」

俺は微笑みながら彼女らへ口を開く。彼女らは恐らく俺が誘いに乗ってきたと思ったのだろう。どこかよこしまな笑みを浮かべる。

無論、大体の魂胆は分かっている。将来王位に就く俺と関係を持ちたいと言ったところだろう。よく見ればやや扇情的なほどデコルテを露出していて、しなを作っていた。もし、他の男ならば、付いて行ってしまったかもしれない。

だが、

「王太子の俺に無断で話しかけた無礼の報いとして、この場でその首を切り落としてやろう」

俺はそう言うと、礼装の剣の柄《つか》へと手をかける。

令嬢たちはたちまち青ざめて腰を抜かした。

「ひ、ひい！　わ、私たちは殿下を少しでもお慰めしたいと思っただけで」

「そ、そそそ、そうです。私たちは伯爵令嬢の中でも美しいと言われています」

「今日もドレスや宝石も殿下にお喜びいただくために誂えさせたのです。どうですか、私たちを飾り立てて、一層美しいでしょう？」

令嬢たちはそう言って、媚びるような態度を取る。

しかし、俺の答えはシンプルなものだ。

「お前たちなどシャルニカに比べれば何の価値もない。塵《ちり》以下だと知れ。容姿の奇麗さも当然シャルニカが何万倍も上だが、品性の高貴さも、性格の美しさも、塵《ごみ》と比べることなど出来ようもない」

俺はそう言って興味をなくす。

いや、最初から興味などないので、はっきり顔すら見ていないのだが。

「ひ、ひどい！　塵だなんて!!　女性に向かってなんて口をっ……!!」

「シャルニカ以外に興味はないと言っただろう？　それを正直に言ったまでのことだ。それに王族に勝手に話しかけることが君たち伯爵家の作法なのか？　ならばやはりその首を落として分からせるしかないのか？　俺は塵を掃除することに躊躇いはないぞ？」

そう言ってにらむと、令嬢たちは「ひぃ!!」と悲鳴を上げて退散していった。

シャルニカにしか愛情を抱いていないから、はっきりと言って追い返した。とはいえ、愚兄の例を見るまでもなく、俺があいった権力に目のくらんだ令嬢たちに籠絡されるのは政治的にまずいのも確かだ。

そんなわけでシャルニカしか見えていないことに何の支障もないというわけだ。

俺は自分の結論に満足する。


さて、羽虫を追い払った訳だが、シャルニカの帰りが少し遅いなと思い、彼女の方を見た。

すると、どこぞの貴族の青年が声を掛けているのが目に留まった。

確かあれも伯爵家の長男であったはずだ。

なるほどな、と俺の冷静な部分はカラクリを理解する。

俺に令嬢たちを言い寄らせる時間を稼ぐために、あの男がシャルニカに声をかけているのだろう。

それはその青年がこちらに送る視線で見当がついた。

ただ、令嬢たちが早々に追い払われるとは想定していなかったのか、何が起こっているのか分からずに焦っているように見受けられる。ここでの会話はさすがに向こうには聞こえていないだろうからな。

さて、だがそれはあくまで俺の冷静な部分だ。

俺のそうした冷静な思考は別にして身体は勝手に動いていた。そして、シャルニカの元に駆けつけると、その男の前に立ちはだかる。

シャルニカを俺の後ろへと隠すようにした。

彼女は小さく可愛らしいので、俺が守るように前に出ればすっかり隠れてしまう。

そして同時に、俺は身長が高く、鍛えてもいるため、目の前の伯爵令息も見下ろすような形になった。

「お、王太子殿下。は、ははは。こ、このたびはお招きいただきありがとうございました。こ、光栄に存じます」

「そうか。楽しんでくれてありがとう。で？」

俺は更に威圧するような視線を向けた。この国の剣聖とも言える俺の威圧に耐えられるはずもなく、足はガクガクと震えている。

「あの令嬢どもを差し向けたのは貴様か？」

「い、いえいえ。滅相もございません。ははは」

「まあ、そんなことはどうでもいいんだ」

「へ？」

そう。

別にどうでもいいのだ。あんな塵芥《ちりあくた》を差し向けられたことなど、今から言うことに比べれば些末にすぎない。

「俺とシャルニカの時間を邪魔したことが許しがたい。それにシャルニカと談笑するとはどういう了見だ？　俺の花嫁が微笑みを向けるのは俺だけであるべきだ」

言っていて、ますますイライラとしてきた。

そのため、ついつい。

「俺と決闘を所望か？　なんなら俺の手袋を今投げてやっても良いぞ」

「ひ、ひい！　剣聖と呼ばれた王太子殿下と⁉　お許しを⁉」

決闘などを挑んでしまった。実に大人げないと冷静な部分は囁くが、シャルニカのことになるとどうにも止まらないのだ。

伯爵令息は震える足で、こけつまろびつ、逃げ出して行った。

「待て、まだ話が……」

「そ、その、リック殿下！　わ、私は大丈夫ですので！　それに侯爵令嬢として営業スマイルをしていただけですからご安心ください。あ、あの。心からの笑顔を向けるのはリック殿下だけですから！」

「ふむ。そうか！」

今まであったイライラは最初からなかったように消し去られ、彼女の言葉で心一杯に幸せが広がる気がした。

「すまない。少しだけ嫉妬してしまったようだ」

「あー、そ、そうですね。す、少し？　ま、まあ愛されているのは分かるので嬉しいのですけど」

彼女はやや困った様子で微笑んでくれた。

「それより踊りませんか？　殿下。せっかくの舞踏会なのですから。あっ、でもさっき美しい御令嬢たちにも囲まれていましたね。あの方たちとも踊らなくて良いのですか？」

「美しい御令嬢たち？　そんな者がいたか？」

記憶にないな。誰のことだろう？

さ、そんなくだらないことよりも。

「シャルニカ、ぜひ君と喜んで踊らせてほしい。剣以外は得手でないから失望させるのが怖いが、少し練習したんだ」

「そうなのですか？　でもお仕事がとてもお忙しかったはずで、ダンスの練習時間などなかったのではないですか？」

「君に恥をかかさないために練習時間をとるためなら、あれくらいの仕事を一時間程度で終わらせることなど何でもない」

「い、いえ、普通は十時間以上かかる量だと思いますが。で、でも、私のためにそこまでしてくれて嬉しいです」

彼女の赤くなった表情も可愛い。

このまま連れ去りたいところだが、それは舞踏会の後にしよう。

俺たちが踊ることを知った楽曲団が、ワルツからメヌエットに変える。ゆっくりとした宮廷音楽のテンポに、俺もシャルニカも美しい楽曲のメロディーに合わせてステップを刻んだ。

メヌエットは会話をする余裕があるので良いな。

「どうだろう。シャルニカ。この後抜け出さないか？　奇麗な君を独り占めしたい」

「え。でも、今日の主役は殿下ですよ」

「リックだ。シャルニカ」

「え？」

俺と彼女の視線が合う。

今、この時、彼女の視線の先には俺しかいないし、俺の視線の先には彼女しかいない。それがとても嬉しいと思う。

「二人きりの時はリックと呼んでほしい。俺には君しかいないし、君も俺を特別だと思ってほしいんだが、駄目か？」

その言葉に、彼女は顔を更に真っ赤にする。

嫌だったろうか、と不安になるが、彼女はやはり優しい微笑みで答えてくれた。

「リック。ありがとうございます。こんな私ですが末永く愛してください」

「ああ」

俺は彼女をつい抱き寄せ、耳元でささやいた。

「もちろんだ。愛おしい俺だけのシャルニカ」

「ひ、ひゃあ……」

と、なぜか彼女の腰がくだけたようになってしまった。

「おっと……」

「す、すみません」

「謝らなくていい」

ちょうど楽曲の終わりだった。

「疲れたのだろう。少し部屋で休もう。シャルニカ」

「あ、あの」

彼女は迷ったような素振りを見せるが、

「は、はい……」

と言って、俺の手を取って歩き出したのだった。

「いつも奇麗だが、今日のドレスもティアラもとてもよく似合っている。そんな君を独占できるなんて、俺は幸せ者だ」

「わ、私もそんなふうに言ってもらえて、嬉しい、です」

その後、休憩すると言って、一旦私室へ戻った俺たちであったが、結局その日舞踏会に戻ることはなかったのである。

翌朝、罪悪感を覚えつつも、まだベッドで眠っているシャルニカを眺めながら、魅力的な彼女を独り占めできたことに満足を覚えてしまう俺なのであった。

◆私の尊敬する御方

【番外編：Ｓｉｄｅメロイ侯爵令嬢】

私は北部貴族の代表であるハストロイ侯爵家に生まれた。現王妃のモニカ王妃殿下は遠縁の親族ということになる。

公爵家が謀反により取り潰されてしまったので、実質的な貴族としてはエーメイリオス侯爵家と並ぶ二大貴族の一角ということになる。

さて、北部貴族は鉄や銅といった天然の鉱物資源を採掘し、デルクンド王国内に流通させる重要な役割を担っている。

資源なくして加工も、貿易もないわけで、北部貴族がデルクンド王国を支えているという自負心は強い。

半面、南部貴族をライバル視している。

自分たちの苦労して採掘した資源を加工し、それらを交易品として出荷することで莫大な利益を得ているのが、どうにも気に食わないというのが一つ目の理由。もう一つは、その交易を通して諸外国との情報のやりとりを行う外交という国政における重要な機能を独占し、王室からの信頼が篤いということだ。

要するに、いいとこどりをされている、と思っている訳である。

ただ、まぁ私は少し他人と比べ変わっているのか、そういった偏見はない。そのため南部貴族が北部貴族を逆の立場から見ていることも理解できてしまう。つまり、南部貴族から見れば、北部貴族というのは資源を掘るだけ掘って、それを売りつけているだけであり、工夫を凝らして商品化し、富を得ようとする熱意に欠けた怠け者だ、という評価をしていることをである。

これも、当たっていると私は思うのである。

まぁ、そんなわけで北部と南部の派閥に貴族たちは分かれて犬猿の仲で、王室はそのバランスを取るのにいつも苦労している。

ただ、そういったご苦労は存じ上げているにしても、北部貴族代表の私や、更にモニカ王妃殿下は、北部貴族の利益のために行動する必要がある。自領とその領民の利益を最優先で考えるのは貴族の義務である。そのために何不自由ない贅沢な暮らしを領民からの税により許されているのだから。

そのような理由から、私は王位継承権一位だったマーク・デルクンド第一王子に近づいた。

彼には既にジークス・デルクンド国王陛下が決めた婚約者のシャルニカ・エーメイリオス侯爵令嬢がいらっしゃったので、側妃の座を狙って接近したわけである。

マーク殿下は好色な浮気者で、私が大嫌いなタイプであった（むしろ好きな女性の気がしれない）。他にも付き合いのある御令嬢がたくさんいるとの噂だったが、愛の無い政略結婚が目的なので気にしていなかった。側妃になれば北部貴族の意向を通しやすくなるので我慢してお付き合いをしていたのである。

だが、殿下は驚くべき凶行に打って出た。

王立学園の卒業式で、なんと婚約者のシャルニカさんへの一方的な【婚約破棄】をしたのだ。

氷の美貌などと言われる私だが、驚きすぎて本当に凍り付いてしまったのは秘密だ。

だって、そんなことをすれば、せっかく陛下や王室の側近たちが長年に亘って根回しを行い、現在の北部貴族ハストロイ侯爵家から出た王妃の次は、政治的バランスを保つために南部貴族のエーメイリオス侯爵家より王妃を娶る、という、北部貴族も納得した最高の形での政略結婚がご破算になるではないか。

しかも、その相手がまたミルキア・アッパハト子爵令嬢という、成り上がりの小貴族なのが政治的センスの欠如を物語っていた。

別に小貴族を馬鹿にするつもりは無い。ただ、それを許してしまえばもはやどこの貴族令嬢でも王室と縁を結ぶことが出来ることを証明することになる。

下克上だらけになってしまい統制が取れなくなるのだ。

また、北部貴族も南部貴族も誰も納得しない結婚になることから、内乱は必至だし、その時は、デルクンド王国の領土を虎視眈々と狙う隣国へイムド王国が侵攻してくるだろう。

だが、どうしたらよいのだろう？　私は混乱と驚愕によって動けないでいた。

しかし。

その時、シャルニカさんが声を発したのだ。

『えっ⁉　真実の愛の相手は、今でも仲の良いメロイ・ハストロイ侯爵令嬢ではないのですか‼』

私は自分の名前を呼ばれたことに驚くのと同時に、シャルニカさんに深く感謝したのだ。

そうだ。その手がある！

私がここで自分こそが殿下の相手だと名乗り出れば、【婚約破棄】は成立したとしても、ミルキア子爵令嬢との【婚約宣言】は成立しない！

そうなれば、第一王子は【婚約者不在】の状態になる。

その【空白期間】をうまく使い、もう一度、北部貴族、南部貴族が納得する方法を検討すれば良いのだ。

少なくとも、いきなり内乱にはならない。

分かりやすい手段としては、モニカ王妃殿下ならば私をマーク殿下の婚約者に据えなおそうとするだろう。子爵令嬢よりはマシだし、南部貴族の最大貴族たるシャルニカ・エーメイリオス侯爵令嬢を一方的な【浮気】で【婚約破棄】している以上、南部貴族のどの貴族からも婚約者は出せない。ならば、私が嫁ぐのが一番マシだというわけだ。

ただ、それは南部貴族の王室からの離反を招く可能性が大きい。現王妃に続いて、更に北部貴族から婚約者が出るから約束を反故にすることに加えて、その理由が、一方的な【浮気】で【婚約破棄】なのだから。王室へ南部貴族が寄せる信頼など皆無になるのは目に見えていた。

ああ、もっと良い手段はないだろうか？

そんなことを考えつつ、とりあえず『ミルキア・アッパハト子爵令嬢を側妃にすることは許さない』とだけ告げておいた。この婚約破棄の張本人たるミルキア子爵令嬢が側妃になった瞬間、もはや北部貴族と南部貴族の亀裂は決定的なものになるから釘を刺したのだ。

しかし、ほんの数日で事態は大きく進展した。

まずシャルニカさんが自分の父を説得し、王室と和解をさせたのである。そして、マーク殿下を廃嫡させて王太子の身分を剥奪し、辺境ラスピトスの領主にしてしまったのだ。しかも、ミルキア子爵令嬢もオマケにつけて。

さすがシャルニカさんだわ、と私室で爆笑してしまった。氷の美貌と言われているが私だって愉快な時は笑う。この時すでに若干彼女のファンになっていた私は素直に賞賛の声を上げた。

あんな馬鹿王子から卒業式という公衆の面前で【婚約破棄】という最大の侮辱を受けたのに、

貴族令嬢として事態を収めようとされたのだ。

一見、おどおどとして、やや口下手なところもあるし、人によっては私の方が王妃に相応しいなどと言うが、とんでもない。彼女が卒業式で話したような堂々とした振る舞いは誰にもまねできない。

そして、今回の政治的決着を誘導したのも彼女の度量の大きさで、もし私が公衆の面前で【婚約破棄】などされたら、とてもすぐに許せなかっただろう。

彼女こそが王妃に相応しい。

その後、何を間違えたのか、マーク男爵とミルキア夫人は、隣国へイムド王国のデモン侯爵の手下となって、リック王太子殿下とシャルニカさんを暗殺しようとして逆に返り討ちにあい、国家転覆罪などの重犯罪者として捕まったのであった。

ところで、捕縛されて幽閉された後も、聞いた話によると反省は全くなかったらしい。その証拠に、恩赦による減刑をたびたびシャルニカさんに願い出ていたようだ。

だが、恩赦は許されなかった。

国内をいたずらにかき乱し、あわや国を崩壊させたかもしれない二人には、公開処刑にするほか道はなかったのだ。

むしろ、最後まで悩んでいたシャルニカさんは少し優しすぎる。身近に氷のような冷徹な判断をするような側近がいた方が良いのではないだろうか？

それで最初に思ったのは、リック・デルクンド第二王子の側妃か愛妾あたりになって、彼女の近くで友達付き合いなどを通じて助言出来ないだろうかということだ。

友達になりたいなどと思うのは初めてのことなので、距離の詰め方がよく分からない。この発想は正しいのか？

とりあえず、リック殿下に申し出てみたが、どうやらシャルニカさんしか見えていないようで、にべもなく断られてしまった。彼女が魅力的過ぎるから仕方ないと断念することにした。

こうなれば正式な官吏の試験を受けて、宰相の座でも目指そうかと今は思っている。私なら多分大丈夫だろう。

ところで、リック殿下にお会いする直前、シャルニカさんから招かれお会いした際、耳寄りな情報を教えてもらった。

それは、ヘイムド王国使節団リーダーのデモン・サルイン侯爵の隠れ場所である。

どんどんシャルニカさんのことが好きになってしまう。王妃の座に就かれたら、宰相として誠心誠意お仕えしよう。

というのも、デモン侯爵は内乱に乗じて北部の資源地帯への侵攻を企てたヘイムド王国の尖兵として、今や北部貴族全体の敵なのだ。

デモン侯爵を討伐することはハストロイ侯爵家にとって悲願であった。

そして、ハストロイ侯爵家はシャルニカさんからもたらされた潜伏先と言われた情報に基づいて内偵を進め、ついにデモン侯爵を捕縛することに成功したのである。

その際に、こんなやりとりがあったことを思い出す。

「どうしてこの場所が分かったんです！　隠蔽も完璧だったし、今までずっと見つかることもなかったのに！」

「確かに隠蔽は完璧だった。まさか、この村全体がヘイムド王国人によってつくられた、スパイのための村だとは気づけなかったわ。村人たちも普段はデルクンド王国人として暮らしているから、気づくことは絶対不可能だったでしょうね」

「なら、どうして！」

「それはシャルニカ侯爵令嬢のご慧眼かしらね。彼女の情報を基に調査を進めてやっと尻尾を掴んだのよ」

「また、あの女性ですか。一体何者なんですか。彼女さえいなければ全て上手く行っていたはずだったのに。まるで女神でもついているかのようだ！」

「ああ、確かにそうかもね。でも逆だと思うわよ？」

「は？」

ぽかんとした表情の男に私は言った。

「女神が助けたくなるくらい魅力的なんじゃないかしら？」

そう思う。

例えば、私が女神に何か助言を受けたとして、それを素直に聞くことができるだろうか？

きっと出来ないだろう。

卒業式などという衆人環視の下、婚約破棄をしてきた相手に、多少言葉に詰まりながらも彼女は堂々と振る舞っていた。私は彼女がきっかけをくれるまで言葉を失っていたのに。

婚約破棄をしてきた相手を許すよう父に進言した。

暗殺しようとしてきた二人の心に最後まで寄り添おうとしていた。

それらは女神からいかなる助言があっても、彼女以外には真似できないことだ。

だから。

「シャルニカ様を女神様もつい助けてしまったのかもしれないわね」

そんなまるで空想のような発想を、なぜかこの時私は事実のように確信しながらデモン侯爵へ語ったのであった。

ゲーム開始【6】時間目.

怨霊となった二人をざまぁ！　する

【Sideシャルニカ】

私は一日の公務を終え、ベッドに体を預けて眠ろうとしているところだった。眠る際は色々と物思いにふける。今日はリック様のことを考えていた。

将来戴冠される王太子のリック様はとても素晴らしい方で、王太子妃として至らないところばかりの私にとても優しくしてくださる。

幼い頃から武人として育ったため、一見すると怖い印象を持つ方も多いようだが、私に対して何か怖いことをしてきたことはない。

ま、まぁ、ちょっと夜の方は怖いと言えば怖いのだけど。

普段はとても優しい。優しすぎるくらいで怖くなる。私などに頼んでもいないのにとても高価そうな宝石やドレスなどを贈ってくれるし、花束も毎日届く。

ただ、他の男性の方と政治的な話であっても、何か話していると少し不機嫌そうになる。その理由は分かっていない。

あと、剣の腕も王国どころか大陸で一番とも言われており、圧倒的な強さを誇る。

先ほど一見すると怖い印象と言ったものの、お顔の方は精悍で目つきはやや鋭いかもしれないが、とても整ったお顔立ちであり、何より幼い頃から鍛えておられるので、細くて長身なのに、とても引き締まった体をされていて、触れるたびにドキリとするほどだ。

なので、さぞやモテると思うので、他の女性で良いと思う方はいないのか、興味本位で聞いたりしたことがある。王が側妃を持つことは珍しいことではないからだ。

でも、彼はその話を言下に『君以外には全く興味が無い』と切り捨てた上で、『もしかして他の女の所に行ってほしいのか？　俺を嫌っているのか？』となぜか不安な様子で聞いてくるのだった。彼の誤解を解くのにとても時間がかかったので、それ以来他の女性にまつわる話を振ることは避けている。

お仕事も超一流と言って良く、一日では到底終わりそうもない量の仕事を超人的なスピードで終わらせて、私と必ずお茶の時間を持ってくださるのも凄いといつも尊敬するところだ。

『いやぁ、愛されて羨ましいわ』

女神へカテ様だ。

今回のマーク第一王子の婚約破棄から始まる国家転覆未遂事件の解決までずっとご神託をくださった。

ただ、最近はマーク元殿下とミルキア元子爵令嬢が処刑されたことで、危機は去ったとご判断されたのか、余りお声を聞かせてくれなくなっていたのだが。

「お久しぶりです。女神様。おかげさまで内乱も回避されて、幸せに暮らせております」

誰もいないので声を上げてお礼を申し上げる。

『あー、そっかそっか。そっちだともう結構時間が経ってんのよね。こっちだとイベントシーンが一枚絵で流れちゃうから、日数経過がよく分かんないのよね。ああ、うん、挨拶が遅れてごめんなさい、お久しぶりね、シャルニカ。私にとっては数分ぶりなんだけどね』

イベントシーン？

日数経過？

よく分からないが、いつもの天界用語だろう。

「今日はどうされたのですか？」

私が聞くと、女神様はため息をつきながら申された。

『最後のアドバイス。あー、ご神託ってことになるかしら。それをしようと思ってね』

「さ、最後ですか？」

『そう。なんかねゲーム……あー、いえ、ちゃんとした世界よね、もう。そっちの世界では誰ルートで行っても、一番恨みを募らせた相手がエンディング直前でシャルニカの魂を夢の中に怨霊になってまで狙って来るっていう回避不能なイベントがあんのよ。しかも、イベント的には寝た後に、朝ちゃんと起きるか、そのまま目覚めないかだけで、私も介入できないっぽいのよね』

エンディング？

ご神託の言葉には天界用語が多くて、よく理解できないものも多い。

ただ、解釈するに、

「今夜、怨霊が夢の中で私を襲ってくると？　そして、もしそれに負ければ死んでしまう、ということですね？」

そして女神様すら介入できない。

『そう。だから気を付けて。まぁ、この勝利時の必要フラグは、そのルートの相手との親密度らしいから大丈夫だとは思うんだけどね』

フラグ？　親密度？

女神様がお伝えしてくださる神託を全て理解できない自分がもどかしい。

でも、

「大丈夫です!!」

『シャルニカ？』

「今まで、ありがとうございました、女神様。女神様がついていると思えたから、私は頑張ってこれたんです！　最後の最後まで、情けない姿を見せたりなんかしません!!」

『わ、私は別に何もしてないわよ。ただ、攻略情報を伝えていただけだし。それに私自身は自分のことすら出来ていないし……』

「こ、こんなことを言うのはおこがましいにもほどがありますが、お許しください、女神様！　女神様なら大丈夫です!!　どんな状況なのかも知らずにすみません!!　でも、女神様が私を助けてくださったのは、色々な運命を見れる力があるからではなく、単に私を助けたいと思ってくださった優しさです!!　私が助けられたのは、女神様の運命を見る力ではなくて、その温かい心なんです!!　だから、そんな優しい女神様が不幸になるわけありません!!　きっと、別の女神様が女神様を見てくださっています!!」

そう一息に言い切った。

言ってから、神様相手になんてことを言っているのだろうと思って後悔したが後の祭りだ。

でも、

『ぷっ。何それ。攻略情報じゃなくて、私がいたから助かったみたいな物言い』

「こ、攻略情報というのが何か分からないのですが、その通りです!!」

『そう……』

女神様は少し沈黙された後、

『ありがとうね、シャルニカ。なら、私たちは友達ね。お互いの困難を励まし合って、前に進んできたんだから』

「と、友達。は、はい。女神様にそう言ってもらえるなら！」

『そう。じゃあ、シャルニカ。頑張って。これが最後の【断罪】よ。そうしたらハッピーエンドね。私も……』

女神様が決意するような、今までにない強い声音で言った。

『私も友達を見習って、前に進むようにするわ』


入眠する。いつもなら夢の中とは自分では気づかない。

でも今日は明らかに意識があった。

肌寒い風が吹き荒れ、その風はまるで亡霊の怨嗟のように不気味な音を奏でている。

そして、その音が一つのしっかりとした言葉として、私の耳に徐々に届き始めたのである。

ああ、これが……。女神様のおっしゃっていた通りだ。

私の目の前にはいつの間にか、断頭台で命を絶たれたはずの、マーク元殿下とミルキア元子爵令嬢が、神話にある血まみれの動く死体、いわゆるゾンビという怪物の姿で、恨みのこもった視線を私へと注いでいたのである。


見るも無残なゾンビの姿となった、怨霊の二人は恨みがましい視線で私を見てくる。

そして呪詛の言葉を投げかけて来た。

「よくも王太子である僕を殺したな、シャルニカ。お前だけは絶対に許さん。僕と同じ地獄へ引きずり込んでやる。ぎぎぎ」

「あなたのせいで王妃になれないばかりか領地すらも失った。その上私を殺した。周りがどう弁護しようと、あなたはただの冷酷な人殺しよ。地獄でその罪を贖うべきよ。きききき」

化け物となったせいか、表情が定まらず不気味だ。もはや人間ではないことは明白だった。

そして話すたびに何が面白いのか左右非対称の奇妙な形に唇を曲げて奇怪な笑い声をあげた。

もし、いきなりこんな化け物と夢の中で遭遇していたら、すくみあがって心が負けていたかもしれない。

でも、私には女神様との友情がある。それに、不思議と私の右手がぽかぽかと温かくて、そこからパワーがどんどん送られて来るような気がしたのだ。

だから、私は彼らの言葉に返事をかえすことが出来た。

「あの、マーク元殿下。先ほど私を『僕と同じ地獄に引きずり込む』とおっしゃいましたね？それはつまるところ、マーク元殿下が地獄行きになったことの証左に他なりません。ご自身の罪を認めた上で個人的な恨みを晴らすために現れたということですか？」

「ぎぃ!? ぼ、僕は悪いことなどしていない！　話をすり替えるな!!」

「え？　す、すり替わっていないと思いますが。今更繰り返すまでもなく、ご自身の生前の行いを、公平なる神の審判を受けた結果、地獄へと堕とされたのですよね？　元殿下は地獄に堕ちるほどの甚大な罪を犯したと神様が結論を下されている。なのに、その罪が私のせいだと恨むのは筋違いになります。それなのに、元殿下はどういった理由で私に恨みを抱く正当性があると思っているのですか？」

非常に素朴な質問をする。

しかし、単なる質問に対して、怨霊の殿下は醜く顔を歪ませる。なお元々がゾンビのいで立ちのため、死の間際のオークの姿よりも、なお一層、化け物じみている。かつてのマーク元殿下の面影は微塵もない醜悪な怪物だ。

「筋違いなものかぁ！　べ、別に僕は恨みでお前を地獄へ引きずりこもうとしている訳じゃない。あれはお前を殺して王太子に返り咲くための正当な暗殺計画だった!!　なのにお前はあろうことか国家転覆罪などという歴史に残る汚名を僕に着せて公開処刑したんだ!!　許せない!!　僕は恨みつらみなんかのくだらない気持ちで動いたわけじゃないのに!!　大義のためだったのに!!　ぎぎ!!　ぎぎい!!」

耳障りな金切り音のような声を上げながら怨霊が叫ぶ。

でも私の返答は単純だ。

「ああマーク元殿下。本当にそう思われているなら、真に勘違いをされているのですね。結果、その身を地獄にまで堕とされたのですね。お可哀そうなことです」

私は心から同情した。

「勘違いだと!? 貴様ぁ! 自分から話を逸らそうとするな!!」

「いいえ、むしろ私の話になるのがおかしいんですよ? 気づいていらっしゃいますか?」

「え?」

ポカンとするのでご説明する。

「だって、私を殺しても王太子の身分は手に入らない。言葉にするのも嫌ですが、リック殿下をまず暗殺しようとするのが普通です。なのに、私をまず暗殺しようとした。どうしてですか?」

「え? あ、あれ? い、いや、それはリック暗殺のための人質にしようとして……」

しどろもどろに言い訳をされようとする。

でも、

「人質にするという動機は分かります。ですが、マーク元殿下はあの時、暗殺用のナイフを持ち、ベッドで何度も私を殺すために突き刺しましたよね? そう聞いています。でも、拘束して人質にするためなら殺してはいけないはずです」

「こ、殺したうえで人質にしようとしたんだ！　べ、別に死んでいても生きていると嘘を吐けば人質にはできるからな‼」

「えっと、それは変です。あのナイフは元殿下をオークの姿に変えた猛毒が塗られていました。殺したら姿形が変わってしまって、人質として私の姿をリック殿下の前に出すことはできない。また、姿は見せないで人質にしていると嘘を吐くだけなら、私をわざわざ暗殺する必要性がない。どちらにしても矛盾していますよね？」

怨霊は震えだす。

「つまり、マーク元殿下。あなたは私を人質にするという口実で、個人的な恨みから、私の殺害を動機として暗殺団のリーダーとして参加したのです。最初におっしゃられましたね。個人的な恨みではなく、正当性と大義のために、王太子に返り咲こうとしたのだと。ですが」

「ああ……ああああああ……」

「あなたは個人的な恨みで、私の殺害を企てただけの、ただの人殺しです。そして個人的な欲望を満たすために、隣国と手を結び祖国を裏切った大罪人に他なりません。そんな人間に王太子など分不相応にも程があることは自明です！　歴史に残る悪人として今後もその名は語り継がれるでしょう！　地獄に帰りなさい怨霊！　そして神の刑罰に服しなさい‼」

「あああああああああああああああ！！！　おのれえええええええええええええ

え！！！！！」

私がマーク元殿下の罪を白日の下に晒した瞬間、地面から紫色の複数の手が伸びて来た。それは元殿下の手足や顔を無造作に掴むと、ずるずると地面の底へと引きずり込もうとする。

だが、さすが怨霊にまでなった元殿下だ。

その手たちを執念で引きはがし、狂気をたたえた瞳で私へと迫る。

「おのれえええええ！　もう何でもいい！　お、お前だけでも道連れにできればあああ!!」

そう叫びながらこちらへその腐った腕を伸ばそうとした、その瞬間！

カッ!!

突如まばゆい光が私の右手から発せられたのだった。

それは先ほどより右手からどんどん送られてくるパワーが、私を守る意思となって形を変え、聖なる光となり邪悪な存在を退けようとしているのだということがなぜか分かった。

私にとっては一番安心できる方の腕《かいな》に抱かれているような温かなものだ。

一方の怨霊はたまらずに絶叫を上げてその場で倒れ込む！

「うぎゃあああああああああああ！」

哀れな悲鳴を上げる。だが、そうしているうちに、地面から生えた手たちはたちまち怨霊を捕まえ、地面へと引きずり込み始めたのだった！

「い、嫌だあああああああああああ!!　だ、だずげでぐでええええええええええええ!!!!　地獄へ戻りだぐなぃいいいいいいいいいいいいい！！！」

絶叫を上げる。だが、地面へ徐々に引きずりこまれるたびに、その声は小さくなり、やがてぷつりと途絶えたのである。

マーク元殿下が地獄へと引きずり戻されるのを見て、元子爵令嬢のミルキアさんの怨霊は絶叫した。

「やっぱり人殺しね！　地獄へ堕ちなさい!!」

マーク元殿下はもう死んでいたけれどもと、そう回答しても良いが自明なことなので取り合わないことにした。そう言えば、先ほどもミルキアさんは、

『あなたのせいで王妃になれないばかりか領地すらも失った。その上私を殺した。周りがどう弁護しようと、あなたはただの冷酷な人殺しよ。地獄でその罪を贖うべきよ。きききき』

と言っていたことを思い出す。

「あの、ミルキアさん。あなたを殺したのは私ではありませんよ？」

私はまず彼女が思い違いをしている点を否定する。

「あなたよ！　あなたが全てを奪ったんじゃない!!　私の王妃としての未来も、領地も、私の

命すらも全て!!」

彼女は怨霊らしい倍音を轟かせた。あの可愛らしかったミルキア元子爵令嬢は、今や本当の怪物になり果てている。体は腐り、蛆が湧いていた。ある意味、マーク元殿下よりも酷い有様だ。

でも、私はひるまずに問うた。

「どうしてですか？」

「何？」

「どうしてそこにマーク元殿下への愛情というものが入らないのですか？」

「……え？」

彼女は虚をつかれたように声を漏らした。

だが、そんな声が漏れるのはおかしいのだ。

なぜなら、

「あの、私は政治的にはお二人は誤ったことをされたと感じています。でも愛し合うことは素晴らしいことだとも思っていました。その愛情を最後まで信じていたんです。だから辺境送りにしたのに……」

「恩着せがましいわね!!　結局辺境送りの懲罰を与えておきながらっ……！」

「でも、そうでなければ処刑されていたんですよ？」

「……え？」

それほど意外だろうか？

「王室も内乱を防ぐために何でもするつもりでした。そのためにマーク元殿下の処刑は検討されていましたし、当然、その共謀者であるミルキアさんも処刑の対象でした。また、お家はお取り潰しの予定でした」

「う、嘘よ!!」

「本当です。だって、それを撤回してもらって、辺境送りにしてもらうように嘆願書を書いたのは私ですから」

「そ、そんな……」

「あの、それから、これも誤解があると思うんです。王妃の身分というのは、欲しいと思って貰うものではないですし、私もたまたまそういう順番だっただけで、望んで手に入れた訳ではないです。だから、それはあなたから奪うとか、譲るとか、そういう類のものではありません」

「きききききき詭弁よ！　詭弁！　きききききききき!!」

怨霊の怨嗟の声が悍ましく響くが、私は動じない。

「先ほどミルキアさんはおっしゃいました。『私の王妃としての未来も、領地も、私の命すらも全て』と。でも、違うんです。本当は卒業式の場で【婚約破棄】をした時点で、それらは全てあなたの手から、この国が没収するはずのものだったのです」

「うううううう、嘘よ!!　ああああああああああ!!」

「で、でも、私は嫌だったんです。愛するお二人が引き離されるような残酷な結末が。だから、私は【あなたから何も奪わない】ようにした。王妃の未来などというものは元から奪えるようなものではないです。領地も何とかお家取り潰しを免れさせて、贅沢さえしなければ支払える額の損害賠償で済ませました。結局贅沢はやめられなかったようですが……。そして処刑はやめてもらい愛していると卒業式の場で宣言されたマーク元殿下の妻として辺境に送ったのです。あなたにとっては不十分に感じたかもしれませんが、国法の許す範囲ではぎりぎりまで努力したんです。ただ、結末がこんなことになってしまったのは、本当に残念です、ミルキアさん」

「あああああああああああ!　信じない!　信じない!　信じない!!　あなたは敵よ!!　私を殺した!!　地獄に堕ちろ!!　この魔女め!!」

「それは神様が審判されることです。もし私があなたと同じ人殺しなら、きっと地獄に招かれるでしょう。でも」

地面からまたしても、紫色の手がにゅるにゅると何本も生えてくる。それはミルキアさんの手足や顔面を無造作に掴む。

「少なくともあなたの罪は確定しています。私を殺そうとし、リック王太子殿下を殺そうとし、私腹を肥やすために貧しい領民に重税をかけ、横領を繰り返し、ひいては数々の死者を出した稀代の悪女ミルキア」

「ひ！　いや！　いやだああああああ!!　地獄になんでもどりだくないいいいいいいいいいい！！！」

「地獄に帰り、その罪を償いなさい」

私は彼女へビシリと指を差し断罪する！

「あああああああああああ!!　お前だけはああああああああああああああああああ！！！」

私にこれまでで最高の恨みのこもった視線を向け、思いっきりこちらに向かって手を伸ばす。

だが、やはりその時、私の右手から送られてくる力が、まばゆい輝きを辺り一帯に放つ！

その光はマーク元殿下の時と同様に、私にとってはまるで全てから守ってくれる腕に抱かれているかのような温かなものだ。しかし、一方で怨霊となり邪悪な存在となったミルキアさんにとっては触れることすらかなわないものらしい。

聖なる光は腐ったミルキアさんの伸ばした手を焼き怯ませたのである！

「ぎゃあああああああああああああああああ!!」

怨霊が絶叫を上げて身もだえる中、地面から生えた紫色の手が捕まえて、地面へと引きずり込んで行った。

「嫌ああああああああああああああああああ！！！」

最後の叫びは、まさに化け物のいななきであった。

ちょっと夢に見そうだな、と嫌な気持ちになる。

ともかく終わった。

怖がりな私だけど、全然怯えることもなく、怨霊を地獄に送り帰すことが出来た。

それはこの右手の温もりのおかげのような気がした。

ああ、今まで暗闇の中だったのが、徐々に明るくなっていく。

朝の目覚める時の感覚に似ていた。


チュンチュン。

目が覚める。

朝日がレースのカーテン越しに差し込み、私と部屋をうっすらと照らし出していた。

そして、右手にはまだ温もりが続いていた。

「起きたのか。うなされる声をたまたま聞いてしまってな。いてもたってもいられず、無断で入らせてもらったんだ。いくら起こしても起きないから手を握ることしかできなかったが」

リック様だった。

私は微笑みながら言った。

「うふふ、いいえ。リックのおかげで目覚めることが出来ました。【親密度】って女神様は言ってましたね」

多分、リック様がいなかったら、私は勇気が出ずに、怨霊に地獄へ引きずり込まれていたんだろう。

「親密度?」

「ああ、いえいえ」

私は何て言おうか迷ってから、

「友達がよく使う天界用語です」

そう微笑みながら答えた。

『お疲れ様。元気でね。私も頑張るわ』

女神様?

どこか遠くから女神様の声が聞こえたような気がした。何となく、それが最後のご神託……。

いいえ、友達としての別れの言葉なんだと確信したのだった。

エピローグ．

現実世界でもざまぁ！　する

【Side鈴木まほよ】

画面には乙女ゲー『ティンクル★ストロベリー　真実の愛の行方』のエンディングロールが流れている。

そしてエンディングロールが流れ切ると、『ハッピーエンド……』という文字が躍った。

なんで『……』がついているのだろう。もっと良いエンディングがあるのだろうか。

少し疑問を持つが、そもそも私が介入したことで、攻略本にはないイベントやセリフが多かった。だから『……』の意味を考えても分からないだろう。

それよりも、だ。

私は長らく裏返しにしていた携帯電話に手を伸ばす。少し手が震えた。

でも、シャルニカに誓った言葉を思い出した。

『私も友達を見習って、前に進むようにするわ』

言ったことは実行しないとね。

私は着信数十件と、それに出ないから送ったのだろうメールを閲覧した。それは私と長年付き合いながら、若い女と浮気をして、簡単に私をフッた屑男からのものだった。

だが、そのメールの内容というのは、よりを戻してやろう、というものであった。どうやら若い彼女には逃げられたらしい。しかも、文面には今後私に改めてほしいことや、私をフッたのは私が悪いので謝罪もしてほしい、などと書いてあった。

私はため息を吐く。

ああ、シャルニカ。あんたは偉大だわ。

ゲームだから冷静にアドバイス出来たけど、こんなのを本人から言われてちゃんと反論していたあなたは本当に尊敬する友達だ。

私はそう思いながらも、口元に思わず笑みを浮かべていた。

「まずは婚約していたんだから、損害賠償の請求よね」

あと、

「向こうのご両親にも、こいつがやったことを伝えて、しっかりと詫びを入れさせようかしら。証拠のメールもしっかり全部残ってるしね」

私が謝罪する?

そんな馬鹿なことするわけがない。

一方的な理由なき【婚約破棄】をしてきたのはあっちだ。当然、損害賠償を請求しよう。金遣いの荒い男だから貯金などないから大いに困るだろうが、当然の責任だろう。

払わないようなら、弁護士を挟んで彼の勤め先に電話をしてもらおう。これは責任を万が一果たそうとしない時にそうするというだけで、そうならないことを私は期待している。

それに向こうのご両親とも親しくしていたから、事情を説明して、味方を増やしておこう。

そして、外堀を埋めておいて、屑男のあいつに心から詫びを入れさせることにしよう。

一方的な浮気や婚約破棄で社会的地位や周囲の信頼を失うこと。損害賠償を支払うことになり【断罪】されるのは当然のことだ。

あと、それから。

私はもう一通、別の男性から来ていたメールに目を通す。

それは元々勤めていた会社の若社長からのものだった。私は秘書をしていて、突然辞めたから驚いてメールをくれたのだろう。

単にそう思っていたのだが、その後も、何度もメールをくれていた。元彼よりもよほど多い数なのでちょっと引くくらいだけど。

とはいえ、それらは全て精神的に参ってしまった私を労わる、心を癒すメールだった。

彼がどういうつもりなのかは分からない。

ただ、元彼の屑男と別れた時に、非常に興味深そうな表情をしていたことだけは覚えている。

私はその若社長の食事へのお誘いのメールに返信を打つことにした。

『前に進む』

と友達と約束をしたのだから。


そして、次の週。

私は約束した若社長、榊《さかき》佳正《よしただ》さんと食事《ディナー》をしていた。途中までは楽しい食事だったのだが、しかし。

「あーら、誰かと思ったら突然会社を辞めて迷惑をかけた鈴木さんじゃないの〜」

「雲田かな江さん？　どうしてここに？」

「うーん、なんか社長が私が食事に誘ったのに大事な用があるって断るもんだから、何かと思ったのよねえ。そうしたら、まさかの鈴木さんじゃない？　抜け目ないわねえ。なあに、元カレのことはもういいのかしら？　それくらい尻軽だと一杯男も寄って来るってわけ？　モテる私には分からないけど。ちなみにその服、男受け狙ってんの？　似合ってないわよ」

同じ秘書課に所属していた【自称サバサバ女】である女性と遭遇するとともに……。

『ねえ、いいでしょう姉さん。リリアン姉さん？　王子との婚約なんて、姉さんには不釣り合いだわ。私に譲ってよ』

『で、でも。もう私と王子との婚約は両家で決まったものだし……』

『ふん。そんなのあなたが辞退すればいいだけの話でしょう？　何？　そんなに王太子妃になって、贅沢三昧したいってわけ？　リリアン姉さんたら、普段は奥ゆかしいフリをしてるのに、本当はとんだ強欲ものよねえ。知ってる？　姉さんについて悪い噂がいっぱい聞こえてきてるのよ？　私みたいな【サバサバ】してない姉さんにはお似合いの【ネチネチ】とした嫌な噂がね。だから、最近は愛想を尽かされかけているみたいじゃない？』

現実での嫌な出来事を忘れるためにプレイした新たな乙女ゲー『キラキラ☆☆恋スター　ときめきは永遠』でも、

「なんで現実世界の【自サバ女】を忘れるためにしたゲームで、また【自サバ女】を見なきゃなんないのよー!!」

と叫ぶ羽目になったのだった。

その上、

（え？　あ、頭の中にお声が……。あの、もしかしてそこにいらっしゃるのは、もしや運命の女神フォルトゥナ様でいらっしゃいますか？　それとも、やっぱり私の気のせい？）

そう、またしても、その主人公を助ける女神として天の声を届けることになったのである!?

～Fin～

地獄でもやっぱり断罪される

【Sideマーク・デルクンド】

「はぁはぁ。地獄に堕とされてから毎日毎日、毎年毎年、こんな平民がやるような仕事は僕に似つかわしくない！　だが、く、くくく、そんな境遇も今日までだ。やっと僕のような高貴な身分の者のしかるべき場所、すなわち天国へと行けるんだからなぁ!!」

僕はニヤリと薄笑いを浮かべる。何でも数百年に一度、天国から【蜘蛛《くも》の糸】という救いの手が差し伸べられるらしく、それがなんと運のよいことに今日なのだという！

僕は確信した。これは明らかに僕という王太子がこの不遇な状況に置かれていることを救いたいという天の意思なのだと！

しかも、この情報は秘密裡なもので、一部の人間にしか知らされていないという。僕は断腸の思いで持っていた食料の一部を賄賂として地獄の情報通に売り、この貴重な情報を入手することに成功したのだった。

そして、待つこと数時間。やはり耳ざとい連中が集まって来る。無論、全員で天国に行くことが目的だ。僕は尊き身であり、王太子という選ばれた存在であることは事実ではある。だからと言って、他の地獄に堕とされた罪人どもと一緒に救われるならば、これほど素晴らしいことはないだろう。

そんな清らかな気持ちでいると、普段は曇天である雲の隙間から僅かな光が差し込み、一本の細い、いかにも頼りない糸が垂らされるのが目に入った。いかにも細い糸であり、何人もが一斉にしがみつけば切れてしまいそうな頼りないものだ。

だが、無論僕の心は平穏そのものだ。順番を守り、一人一人登れば全く問題ないのだから。

そんなふうに考えながら僕は当然の権利として、【一番目】に登る者として、その蜘蛛の糸を掴み、登ろうとしたのであった。

しかし！

「おい、新入り。何してやがる」

思いがけない言葉とともに、僕の高貴な肩に無遠慮に汚らしい手が置かれていたのである。

それは僕が普段、地獄での苦役として荷運びをしている現場のリーダーである元死刑囚の男であった。

「何って、見て分からないのかい？　僕は王太子だ。君たちとは身分が違う。僕が一番目に登ることは当然の権利だろう」

その正論に、群がっていた男達は沈黙するしかない。

はずであった。だが、次に轟いた言葉は。

「がーっはっはっはっは！　何を言ってやがる！　みーんな知ってるんだぜ？　お前が王族を

辞めさせられて、最期はただの平民として処刑された死刑囚だってことはな！　しかも、なんだ？　隣国に国を売るようなことをしたり、身勝手な婚約破棄をした上に元婚約者を逆恨みして将来の王太子妃を殺そうとした大逆罪の、大犯罪者じゃねぇか！」

　他の罪人どもも嘲笑を浮かべて言う。

「この地獄で一番底辺で間抜けな地獄落ちした罪人としてお前は有名なんだよ、犯罪者マーク。ほら、分かったならさっさとどけ！　てめえが一番最後なんだよ、この最悪の罪人風情が!!」

「ぎゃあっ!?」

「ぎゃははははは！　軟弱な男だな！　よくそんな軟弱さで将来国王になるつもりでいたなぁ！　ならなくて正解だったぜ、てめえには王太子の能力なんてからっきしねぇよ!!　要は実際にてめえは王太子なんていう王族様でもねぇし、その能力もねぇ、本当の意味での最底辺の地獄の罪人ってーわけだ!!」

　こともあろうに、その罪人たちはあらんかぎりの言葉で僕の尊厳を破壊し、踏みにじった上に、最後は平手打ちという暴力を振るい、僕を糸から弾きとばし地面に転がしたのである。おかげで元から汚れていた襤褸《ぼろ》が更に泥で汚れた。僕は屈辱の余りに口から変な声すら漏れる。

「ぐぎっぎぎぎっぎぎぎぎい!!」

「さ、そんなことより順番を決めよう。地獄で果たして来た役割の大きさや貢献度を加味した上で、順番に登るんだ。それから糸については一見細くてもろそうに見えるかもしれないが、かなり頑丈だ。落ちないようにそれぞれが数珠繋ぎのようになって登るのが一番安全だろう。上まで数十メートルはあるからな」

「さすがリーダーだ。野郎ども、分かったな？　お互いがフォローしあいながら登るんだ。そうすればこの地獄からもおさらばだぜ！」

「「「おう!!」」」

そんな威勢の良い声が響いて来た。

だが、そんな声を聞くにつけ、僕の心に正義の気持ちがむくむくと湧き出て来た。

（クソ共が！　お前らのような地獄に堕とされる罪を犯した罪人や、元死刑囚に天国なんて相応しくない！）

そうだ！

僕は良いアイデアを思いつく。

こいつらは数珠繋ぎ、つまりあまり身動きが取れない状態で登り始めるはずだ。

そこを僕は、こいつらの根拠なき横暴によって、最後に登らされることになる。

それを利用する！

すなわち、奴らの体の上を這うようにして登り、一番上まで最初に到達するのだ。

（だが、それだけではないぞぉ……）

僕は正義に酔いしれ、ニヤリと思わず唇を歪める。

（上まで登ったら、神か誰かに剣を借りてきて、この蜘蛛の糸をバッサリと切断してやるのだ。ああ、その時のこいつらの絶望した顔はどれほど甘美だろう）

悪を断罪できる快楽に僕の正義の心は酔いしれる。

そして、ついにその時が来た！

奴らが数珠つなぎになり、お互いが助け合って何十メートルとある糸を登り始めるのを確認すると、僕は奴らの身体を伝い、頭を足蹴にするようにして、スルスルと上に登って行ったのである！

「てめえ！　なんてことしやがる！　恥ずかしくねえのか!!」

「そうだ！　今は全員が協力して天国へ行こうって時だろう！」

負け犬どもの遠吠えが下から聞こえてくる。

ぎもぢいいいいいいいいいいいいいいいいいいい!!

僕は快感に酔いしれながら言い放った。

「ぎゃはははは!!　馬鹿め！　クソ野郎どもめ！　お前らのような罪人どもはなぁ、一生地獄にいればいいんだよ!!　天国に行くのは僕一人で十分だあああああああ!!　これからこの糸を切断してやるんだからなあああああああああああ‼」

そして、とうとう蜘蛛の糸を登り切り、天国である雲上の地を踏む。

下をのぞき込めば罪人共が数珠つなぎになって、こちらを恐怖する目で見上げている。そうだ、それでいい。

「ぎひひひひい！　覚悟しろ！　罪人どもめ！　天国に行ける資格は僕のような高貴な人間だけなんだよ！　お前らのような薄汚い奴らはこのまま地面にっ……‼」

ドン……。

「へっ？」

気づいた時には僕の身体は空中に投げ出されていた。そんな僕の耳朶には美しい声がなぜかはっきりと届く。

そして、その存在こそが僕を再び地獄の穴へと突き落とした存在であることも確信した。

『ならば仲間を裏切り陥れようとした最も薄汚いあなたは一生地獄にいるということですね』

「ち、違う！　僕こそが選ばれた人間なんだ！　どうしてだ！　どうして僕が地獄で、こんな奴らが天国に行けるううううう⁉」

その声に、美しい声の持ち主は凛として断言した。

『あなたが罪人にも劣る存在であるからです、マーク・デルクンド。数千、数万の年月を地獄で過ごし、その魂が浄化されることを祈ります』
「い、嫌だぁ！　もう地獄には戻りたくないいいいいい!!」
『いいえ』
その声は。
神はぴしゃりと言った。
『あなたには地獄が実にお似合いです』

「くそ！　今帰ったぞ！」

蜘蛛の糸を登ることに失敗し、屈辱に塗れながらも僕は何とか家に戻って来た。家と言っても極めて粗末な掘っ建て小屋だ。そんな状況に更に屈辱感が増すがどうしようもない。

自然と口調も荒々しくなる。

地獄で肉体は既に持たない状態だがなぜか腹は減る。そして、日々の苦役を獄卒の下でこなすことで、多少の食料が配られるのだ。とても満腹になる量ではないが、無いよりはマシだ。

今日は蜘蛛の糸のところに行き、苦役についてはサボったので配給は無しになってしまった。

だが、多少の保存分はある。管理は一緒に地獄に堕ちたミルキアに任せていた。王太子の仕事ではないからな。

ミルキアとは結局なし崩し的に同居している。

「貴重な保存食だが、今日はそれに手を付けざるを得ないだろう。くそ、忌々しい‼」

「あらマーク。お帰りなさい。って、何だかボロボロね。ああ、それより、今日の食料の配給はどうしたのかしら？」

僕が帰ったことに気づいたミルキアが振り向いて言った。体形は生前の状態がある程度維持されるらしい。肥満で醜悪なのは相変わらずである。

「ふん、どうやら手違いで配給はなくなったらしい。仕方ないから保存食を出せ」

「え……。えっと、それは……。あまりおすすめしないわ。貴重な保存食なのだから。いざという時のために、今日は我慢しましょう。私も我慢するから」

「は？」

僕はたちまち違和感を覚える。

なるほど、確かにミルキアの言っていることは一見筋が通っているように見える。しかし、こいつの食欲は異常で、いつも僕が稼いでくる食料の配分で喧嘩になるくらいなのだ。また、こいつも労働はしているのだが、何くれと理由をつけてすぐにサボるために大した食料を稼いで来ないのである。

だから、ミルキアの食欲というものを、僕はかなり正確に把握していた。そんな彼女が食事を我慢出来るはずがないのだ。

「ま、まさかミルキア、貴様⁉」

僕は目を見開いて、保存食の入った箱へと突撃する。

「あっ⁉　ちょ、ちょっと待ってマーク！　その箱を開けちゃ駄目よ！　ぎゃっ⁉」

「うるさいぞ、ああ！」

僕は止めようとするミルキアを突き飛ばして、箱の蓋を開けた！

するとそこにあったのは。

「何だこれは⁉　どうして宝石が入ってるんだ⁉　パンはどうした⁉　それに魚の干物は⁉

ぐへえ⁉」

僕は絶叫するのと同時に、横から強烈なタックルを食らう。ミルキアの体重がのった強力な一撃に、ひょろひょろの僕は思い切り吹っ飛ばされて壁に打ち付けられる！

「ちょっと！　何すんのよ⁉　それは私の大切な宝石なのよお⁉　触らないでよ！」

「な、何が大切な宝石だ！　ま、まさかお前っ……⁉」

僕は信じられないものを見るようにして、目の前に立ちはだかるミルキアに言った。

「僕の稼いできた食料を交換して宝石に換えたってのか⁉　馬鹿かお前は⁉　こんな地獄でそんなものが何の役に立つ！　この屑女が‼」

僕は正論を言い放つ！　だが忌々しいことに、ミルキアもあの元死刑囚どもなどと同じ、蔑んだ視線を僕に向けて言う。

「それを言うなら、あなただって義絶されてただの平民の死刑囚じゃない。この地獄では一番身分が低いんじゃないかしらあ？　プププ、笑えるわねえ。王族から死刑囚だなんて、一番落差が大きいんじゃないかしらねえ！」

「う、うがあああああああああああああああ！」

僕は激高する。まさに今日、そのことを馬鹿にされ、嘲笑されまくったばかりだったからだ。

「それを寄越せえええええ‼　今から食料に換えてくる‼」

「嫌よ！　嫌ぁ！　これはあたしのなんだから！　くそ！　この無能の屑亭主が‼　もっと稼いで来なさいよ、使えない能無しねえ‼」

「こ、殺してやる！　殺してやるぞミルキアぁあああああああ！」

もう死んでいるので不可能だが関係ない！　僕への侮辱は万死に値するのだ‼

だが、そんなバトルが勃発しようとした矢先である。

『やめんか！　このたわけ共めが‼』

「「ひいいいいっ⁉」」

僕たちは突然鳴り響く声に竦《すく》み上がる。それは地獄の獄卒の中でも上位の存在である悪魔の声であり、恐ろしい姿をしている者たちだからだ。姿は今は見えないが、周囲にその恐ろしい気配が漂っている。

『地獄での争いを行ったものとして更なる罰を与える。そこの宝石が原因であるからそれを取り上げる』

「そ、そんな‼　返してよ！　返して！　それは私のなけなしの食料を交換してやっと手に入れた宝石なのよ⁉」

「貴様のじゃないだろうが！　お、お願いします‼　獄卒様ぁ、食料に換えてください‼」

僕は絶叫して懇願《こんがん》するが、

『言い訳はきかぬ！　罪人ミルキアは嘘をつき、夫たるマークの食料を無断で宝石に換えて私利私欲を満たし、こたびの争いの原因をつくった。情状酌量の余地は一切ない‼　そしてマーク。そもそも貴様も元婚約者を暗殺しようとした罪で極刑となった犯罪者であるにもかかわらず、食料を盗まれたとはいえ、またしても妻に手を上げようとしたようだな！　いまだに反省の気持ちがないことの証左に他ならぬ！　よって、両名ともに更なる重き苦役を科し、その更生を促すものとする。明日から覚悟するがよい‼』

「そ、そんな⁉　どうしてだ⁉　どうして僕が何度もこんな目にいいいいいい⁉」

「い、嫌よ⁉　もっと贅沢したい‼　宝石が！　ドレスが！　どうしてこんなことになってしまったの⁉　嫌ぁぁあああああああああああああ‼」

二人の罪人の阿鼻叫喚が周囲に轟く。

周りに住む罪人たちにとっては、彼らのこうした風景は日常茶飯事であり、ちょっとした地獄の風物詩となりつつあるものなのであった。

あとがき

こんにちは。初めまして。お久しぶりです。初枝れんげです。

この度は本書を手に取って頂きありがとうございました！

本書はヒナプロジェクト様が運営する『小説家になろう』という小説投稿サイトで連載させて頂いた小説をもとに、加筆修正を行ったものとなります。

私なりに結構挑戦的な内容にしましたので、当初はどれほどの方に読んで貰えるか不安でいっぱいでしたが、幸い、多くの読者様からご支援を頂くことができ、こうして一冊の本にすることが出来ました。

本当に嬉しく思いますのと同時に、深くお礼を申し上げる次第です。

また内容につきましては、編集様ともご相談のうえ、気になる点を大小さまざま手直ししております。

ネットの時よりも、よりクオリティの高い作品としてお届けできていれば幸いです。

本書は、いわゆる異世界×恋愛小説のジャンルとなりますが、浮気王子とその相手である子爵令嬢を、これでもかというくらい徹底的に毎日レベルで断罪していくことをコンセプトに作りました。

コミカルな内容もふんだんに盛り込んでいますので、女性にも男性にも、読んで面白がってもらえる内容に仕上げたつもりです。

ぜひともご笑覧頂けたら嬉しいです。

さて、本書は幸いにもＴＯブックス様の目にとめて頂き、こうして日の目を見ることが出来ました。

出版するここまでずっと支えてくださった担当編集のＳ様、本当にありがとうございます。

また、本当に素敵なイラストを描いた頂いた岡谷様には感謝してもしきれません。最初にほよやシャルニカなどのキャラクターを拝見させて頂いた時はとても感動しました。きっと読者様とも共有できることかと確信しています。

そして最後に本書を手に取って下さった読者の皆様。ネット掲載時から支えて下さった皆様にすべての感謝を捧げます。本当に読んで頂きありがとうございました。

小説第二巻の発売と、コミカライズも決定しておりますので、そちらもぜひ楽しみに待っていて下さいね！

二〇二三年六月　初枝れんげ

「ガッデム！・何よ、このクソゲー!!」

鈴木まほよ

MAHOYO SUZUKI

28歳OL。10年近く付き合っていた
彼から突如別れを切り出される。
癒されたい欲求から
『ティンクル★ストロベリー
真実の愛の行方』をプレイし始めた。

女神ヘカテ

MEGAMI HEKATE

シャルニカが想像する女神ヘカテの姿。
薄い白の絹でぎりぎり肌を覆っている
ゆったりとした服装。
こんなにセクシーな想像をされているとは
はまほよはきっと気づいていない。

「策を授けましょう、私はこの世界の設定
……ごほん。理を知っている（攻略本で）」

シャルニカ・エーメイリオス

SARNIKA EMELIOS

16歳。デルクンド王国二大貴族の一角。
南部の侯爵令嬢。一見気弱だが
言うことはしっかり言うタイプ。

（さすが女神様です）

マーク・デルクンド

MARK DELKUND

16歳。第一王子。設定資料集には
恋多き王子と紹介されている
自意識ライジングの勘違い男。
なお浮気していた相手はミルキア、
メロイの他にも複数名いた。
自分の過ちは絶対に認めず
他者のせいにする性格。

「最高の僕のことを好きじゃない女がいるものか。」

ミルキア・アッパハト

MILKIA APPAHAT

16歳。子爵令嬢。
マークの浮気相手で王妃の座を狙う。
贅沢三昧することが目的であり、
マークのことは地位に惹かれているだけ。
派手な衣装を着て、
男性に女の武器を作って迫るタイプである。

「私が王妃になるんだから!!」

俺が好きなのは君だけだ。
他には誰もいらない」

リック・デルクンド

RICK DELKUND

15歳。第二王子。ゲーム内で最も人気のあるキャラクターで、唯一浮気をしないキャラクター。彼のルートに入らない場合はメロイと政略結婚するが、これは貴族としての責務を果たしているだけ。内心はシャルニカLOVEな溺愛の権化。

私はあのようなタイプの子は嫌いですので、
肝に銘じておいてくださいませ？

メロイ・ハストロイ

MELOY HASTROY

16歳。侯爵令嬢。氷の美貌と称えられるその美しさで強かな女性。本来、王子ルートのライバルキャラで、設定資料集によれば、メロイ侯爵令嬢は側妃になったようだ。薄いブルーの髪色と真っ白な肌がまぁ神秘的だと太鼓判を押されているbyまほよ。

case2 自称サバサバ女　ユフィー
次号予告
何でも欲しがる
自称サバサバ女さんが
遂には婚約者まで欲しがるようになって……!?
「妹　ユフィー」
ねえ、いいでしょう？
私に譲ってよ
「姉　リリアン」
ひ、ひどすぎる
いざ成敗!

2023年冬
発売予定！
ゲーム内の婚約者を寝取られそうな令嬢に
声が届くので、自称サバサバ女の妹を
毎日断罪
～することにした～
初枝れんげ
Illust. 岡谷

ゲーム内の婚約破棄された令嬢に声が届くので、
浮気王子を毎日断罪することにした
（「毎日断罪」シリーズ）

2023年9月1日　第1刷発行

著　者　初枝れんげ

発行者　本田武市

発行所　TOブックス
〒150-0002
東京都渋谷区渋谷三丁目1番1号　PMO渋谷Ⅱ　11階
TEL 0120-933-772（営業フリーダイヤル）
FAX 050-3156-0508

印刷・製本　中央精版印刷株式会社

定価はカバーに記載されています。

ISBN978-4-86699-928-9